단어의 집

단 어 의 집

불을 켜면 빵처럼 부풀고
종처럼 울리는 말들

안희연
산문집

한겨레출판

촛불을 들고 다가서면

그냥, 사는 이야기를 적었어요.

이 책을 소개해달라는 청이 오면 어떻게 운을 떼야 하나 오래 고민했어요. 대단한 문학적 발견 같은 건 없고요, 제가 올 일 년 동안 보고 겪고 느낀 것들에 관한 기록이에요. 너무 사사로워서 실망하실지도 모르지만…. 거기까지 말하고 저는 숨을 고르는 척 당신의 눈빛을 살필 거예요. 극도로 긴장한 나머지 어깨는 한껏 움츠러들고 공연히 손톱 거스러미를 만지작거리기도 하겠죠. 그런데도 당신이 아직 기대의 얼굴을 거두지 않았다면 저는 조금 더 용기를 내어 이야기를 이어갈 것입니다.

보통은 '시 쓰는 누구누구입니다'라고 저를 소개하지만 적어도 이 책에서만큼은 '저는 단어 생활자입니다'라고 소개하고 싶어요. 이 책의 주인은 제가 아니라 말의 최소 단위인 '단어'이기를 바라기 때문이에요. 시 쓰는 일을 업으로 삼다 보니 단어가 그저 단어가 아니라 저를 이루는 피와 살처럼 느껴질 때가 많아요. 한 단어에 대해 말하는 일은 한 세계를 들여다보는 일이라는 생각을 자주 하고요.

왜 놀이터에 가면 정글짐, 미끄럼틀, 시소, 그네 같은 놀이기구들이 있잖아요. 이 책도 그런 놀이터에 가까워요. 놀이기구 대신 단어들이 모래 위에 툭, 툭 놓여 있다는 것만 다를 뿐. 단어로 이루어진 놀이터라니, 수상하고 낯선 풍경일까요? 목차만 보아서는 감이 오지 않을지도 몰라요. 세상에 이런 단어가 있었나 싶고, 조금도 시적이지 않은 목록이라 여겨질 수도 있겠죠. 사실은 일부러 그런 단어들을 골랐어요. 언뜻 보아서는 말의 뜻을 가늠하기 힘든 단어들. 새롭되 분명한 이야기를 가진 단어들을요. 모든 단어들은 알을 닮아 있고 안쪽에서부터 스스로를 깨뜨리는 힘을 갖고 있어요. 저는 그저, 그 하나하나의 단어들이 발산하는 신비롭고 아름다운 기운을 목격할 뿐이고요.

중요한 건 이 단어들과 제 삶이 톱니처럼 맞물린 적 있다는 사실이에요. 어떤 단어는 시간의 역할을 대신했고 어떤 단어는 공간의 역할을 대신했어요. 어떤 단어는 기울기가 상당해 미끄러지기 좋았고 어떤 단어는 시소와 같아 혼자서는 탈 수가 없었죠(그날 밤은 별 하나 없고 어찌나 캄캄하던지). 어떤 단어는 저를 소용돌이처럼 휘감았고 어떤 단어는 정수리에 번개처럼 내리꽂혔고요(영혼의 척추가 아픈 느낌). 저는 그저, 이 놀이터 모래 위에 털썩 주저앉아서 특별할 것 없는 일상을, 누구에게도 말한 적 없는 속내를, 나날이

갱신되는 어리석음을 털어놓았을 뿐인데 글쎄 수백 번의 낮과 밤이, 계절이 무서운 속도로 흘러갔다니까요!

저는 이 놀이터를 떠나고 싶지가 않아요. 저에게 세상은 양초로 쓰인 글자 같습니다. 이 세상엔 보이지 않는 것들이 너무 많아요. 그런데 촛불을 들고 단어의 집으로 들어서면 감춰져 있던 장면이 서서히 나타나기도 해요. 그곳엔 빵처럼 부풀고 종처럼 울리는 무언가가 있어요. 파닥임과 반짝임이 있어요. 그 마주침의 순간이 좋아서 저는 계속 글을 씁니다. 우리가 가진 촛불은 만능이어서 이따금 돋보기나 핀셋으로 변신하기도 해요. 이 세계를 다른 각도로 자세히 들여다보는 일이나, 많고 많은 것 중 '내 것'을 골라내는 데에도 꽤 큰 도움이 된답니다.

단어의 집은 누구에게나 열려 있어요. 단어의 집은 문턱도 없이 당신을 기다립니다. 여기 이곳 놀이터에서 저와 함께 단어를 골라보시겠어요? 제게는 이렇게 다가온 삶의 비밀이 당신에게는 또 다른 색과 무늬로 번져가는 것을 볼 수 있다면 좋겠네요. 촛불을 가진 당신, 이리 가까이 오세요. 여기 실금 가득한 단어를 좀 보세요. 무언가 태어나려 하고 있어요.

2021년 11월 안희연

차례

3

나의 작은 말들의
놀이터

I

성냥갑에
딱 하나 남은
성냥 같은 말

길항

토베 얀손의 책 《두 손 가벼운 여행》(민음사, 2019)을 읽다 "까다로운 작은 소망들"이라는 표현에 밑줄을 그었다. 소설에 핵심적인 역할을 하는 문장도 아니었고 충격을 줄 만큼 참신한 표현도 아니었는데 대체 무엇이 나를 건드리고 지나간 걸까.

　소망 앞에 붙은 형용사가 '까다로운'인 까닭을 우선 생각했다. '복잡하고 미묘하여 다루기 어렵다'는 뜻의 까다로움. 부정적 뉘앙스가 감지되는 말이다. 소망에는 무릇 초 켠 듯 밝고 환한 말들만 놓여야 할 것 같은데, 거창한 소망도 아니고 그저 작은 소망일 뿐이라는데, 작가는 소망 앞에 왜 그런 차가운 수식을 붙인 걸까. 작은 소망은 작다는 이유로 사소하게 취급되고 소홀해지기 쉬우니까?

자연스레 생각은 평소 내가 품어온 '작은' 소망들로 이어졌다. 2021년 1월 기준, 나의 작은 소망들은 이러하다. 산미가 강하고 꽃향기가 나는 진한 라테 한 잔. 겨울에 접어들며 잎 끝이 누렇게 말라버린 반려식물의 안위. 가격 대비 품질이 좋고 포근한 겨울 외투 한 벌. 별거 아니라면 별거 아니지만 쉽지 않다면 쉽지 않은 일이다. 생각해보니 나의 작은 소망들은 정말로 까다로웠던 것이다, 아이러니하게도.

하기는 소망의 크고 작음을 분별하는 것 자체가 불가능한 일이라는 생각도 든다. 크든 작든 하나의 소망에는 그 소망을 가로막는 심리적 물리적 장애물이 반드시 존재하기 마련이니까. '길항'은 바로 그러한 싸움을 뜻하는 단어다. 이쪽의 우리가 간절해질 때 저쪽에서도 충돌할 채비를 한다. 쉽게 가질 수는 없을 거야. 시간의 횡포도 견뎌야 하고 인간이라는 한계에도 맞서야 할걸. 그렇게 애석해할 거 없어. 그건 세상의 구성 원리거든. 밀물과 썰물, N극과 S극, 삶과 죽음, 기쁨과 슬픔을 봐. 버티어 대항하는 힘은 어디에나 반드시 있어.

정말 그렇다. 지금이 있기에 그때는 더욱 환하거나 어두워지고, 저곳이 있기에 이곳은 특별하거나 사소해진다. 한 방향으로만 뻗어가는 힘이나 목소리는 금세 상하거나 차게 식기 마련이다. 싸움도 둘이 있어야 가능한 법이다. 혼자 하는 싸움이더라도 사실은 혼자 안의 둘이 싸우는 것처럼.

그러니까 소망은 크든 작든 원래가 까다로운 것이 맞다. 소망이 이전과는 다르게 감각되기 시작하는 순간이다. 소망의 온도, 소망의 미래, 소망의 허기 등 소망의 정체와 의중을 폭넓게 고민하며 잠시나마 소망의 몸이 되어보기도 한다. 소망에도 극치와 역치가 있을 것이다. 극치는 도달할 수 있는 최고 경지로서의 소망일 것이고, 역치는 삶을 자극하고 반응을 유발하는 최소한의 소망일 것이다. 내 소망의 극치와 역치는 어떤 얼굴을 하고 있을까. 소망에게 나는 어떤 고객일까. 나는 소망에 인색한 사람일까 헤픈 사람일까.

나의 책 읽기는 매번 이런 식이다. 하루에도 몇 번씩 이런 생각들을 붙들고 살다 보니 책이든 삶이든 페이지가 쉽게 넘어갈 리 없다. 소설을 읽을 땐 소설을 읽어야 하는데 단어 하나 문장 한 줄에 머무르라 방금 전까지 읽은 건 까맣게 잊어버리고 만다. 그래도 오늘은 소망이라는 단어에서 출발해 길항이라는 단어에까지 다다른 하루였으니 이를 생산적 난독이라 말해도 될까.

그래서 "까다로운 작은 소망들"이라는 표현이 어떤 소설에 등장하느냐고? 내용이 무엇이냐고? 아무래도 책을 다시 읽어야겠다. 그런데, 그러려고 책을 다시 펼쳐 들었음에도 이번엔 〈여름 손님〉이라는 제목에 시선을 빼앗기고 만다. 여름 손님이 있으면 봄, 가을, 겨울의 손님도 있기 마련. 여름에 찾아오는 손님은 어떤 특성이 있을까. 내가 누군가에게 여름 손님일 때는 언제일까. 여름 손님은 어떻게 환대하고 배웅해야 할까. 배웅이 작별의 한 형태라면 배웅이 불가능해지는 순간 우리 마음은 어떤 무늬를 그리기 시작할까.

단어에서 단어로 미끄러지는 도미노 놀이는 좀처럼 끝나지 않는다.

규모

친구들과 함께 을지로에 있는 한 카페를 찾았다. 찬
장에는 수십 개의 잔들이 진열돼 있고 그중 하나를
골라 카운터로 가져가면 주문한 음료를 담아 내어
주는 카페였다. 마실 음료를 고민하고 그 음료에 어
울리는 잔을 고르는 일은 무척이나 재미있었다. 아
이스 아메리카노를 담을 잔, 따뜻한 솔티 캐러멜 라
테나 홍차를 담을 잔이 다 달랐기 때문이다. 잔의 크
기, 질감은 물론 색깔까지도 세심하게 살펴야 했다.
나는 받침이 있고 속이 훤히 들여다보이는 투명하고
가벼운 잔을 골랐다. 우릴수록 붉어지는 홍차를 담

기엔 그것이 제격이었다.

그날 집으로 돌아와 사진첩을 넘겨보던 중 찬장에 놓인 수십 개의 잔을 찍은 사진 앞에서 덜컥 마음이 멈추었다. 잔을 고를 당시에는 재미있다는 생각만 한 것 같은데 시차를 두고 바라본 장면에는 팽팽한 긴장감이 서려 있었다. 선택을 기다리는 잔의 마음이 그제야 보이기도 했고, 커피에는 커피에 어울리는 잔이 있고 차에는 차에 어울리는 잔이 있다는 것이, 그 무구한 당연함이 별안간 섬뜩하게 다가온 것이다. 인간의 몸도 하나의 잔과 같을 텐데 내게 담길 것은 무엇이고 무엇이어야 하는가에 대해서도 자연스레 생각이 닿았다.

곧이어 '규모'와 '규격'이라는 단어가 연이어 떠올랐다. 규모나 규격은 모두 틀, 한도, 범위를 포괄하는 말이지만 규모는 차이가 존중되고 확장 가능성이 있는 반면 규격은 어쩐지 답답한 느낌이 든다. 우체국에서 상자를 고를 때 1호는 작고 2호는 너무 커서 할 수 없이 빈 공간을 에어캡으로 메우던 경험도 떠올랐다. 내 삶이 규모가 아니라 규격을 지향한다면 숨이 막혀 하루도 못 살 것 같다는 생각도 들었다. 그러니 규격보다는 규모 쪽으로, 물리적인 규모보다는 정신적인 규모의 확장을 향해 삶을 움직여가야 하지 않을까.

　그 후론 내내 규모라는 단어를 알사탕처럼 오물거리며 다녔다. 기록적이었던 2019년의 호주 산불처럼, 멀고도 가까운 곳에서 전해진 불 관련 이슈들은 나를 규모라는 단어와 더욱 깊이 만나게 해주었다. 특히 호주에서 전해진 소식 가운데는 오억 마리 이상의 야생동물들이 목숨을 잃었다는 비보가 있었다. 우리에게 친숙한 코알라나 캥거루 같은 동물들도 멸종 위기를 겪고 있다기에 특히 피해가 심각하다는 코알라에 대한 이런저런 정보를 찾아보게 됐다. 코알라는 매일 500그램 정도의 유칼립투스 나뭇잎을 먹는다고 한다. 이 나뭇잎이 워낙 영양분이 적고 소화가 잘 안되다 보니 최대한 에너지 소모를 줄이는 방식, 그러니까 필연적인 '느림'을 자기 삶의 방식으로 선택할 수밖에 없었는데 바로 그 때문에 산불을 피하지 못하고 죽음에 이르렀다는 것이다.

느림이라면 코알라 못지않게 유명한 나무늘보에 관해서도 새롭게 알게 된 사실이 있다. 나무늘보는 의외로(?) 부지런한 동물에 속한다는 것이다. 나무늘보는 하루 10시간 정도 잠을 자고 대부분의 시간을 '가만히' 있는다고 한다. 이 '가만히' '꼼짝 않고' 있는 모습이 마치 잠을 자는 것으로 오인된 것이다. 게다가 나무늘보는 머리를 360도 가까이 돌릴 수 있어 혹시 모를 포식자를 대비해 늘 감시를 멈추지 않는 기민함까지 갖췄단다. 이들의 느림을 게으름이라 여겨왔던 스스로를 돌아보면서 또다시 규모라는 말을 떠올렸다. 이들 삶의 규모를 인정하지 않고 억압하고 파괴하는 세계가 있다는 생각. 그것이 왜 하필 '불'의 이미지로 이 세계에 존재하는 것일까에 대한 궁금함. 물론 정답이 있을 리 없는 질문이지만 말이다.

시인 중에도 문득 떠오르는 이름이 있다. 노르웨이의 시인 울라브 하우게(Olav H. Hauge)는 노르웨이의 울빅(Ulvik)에서 태어나 평생 그곳을 떠난 적이 없다. 시를 배운 적도, 시를 통한 성공을 꿈꿔본 적도 없으며 그저 한 농부의 아들로 태어나 오래도록 정원사로 일하며 시를 썼다고 전해진다. 그의 시를 읽다 보면 코알라나 나무늘보의 삶의 방식이 그에게도 적용될 수 있으리라는 생각이 든다. 그는 자신의 갈증에 바다를 주지 말라고 말하는 시인이기 때문이다. 그는 과욕을 부리지 않는다. 그가 원하는 것은 바다라는 해갈이 아닌, 그저 한 조각의 빛, 한 모금의 이슬 같은 것이다. 그를 떠올리며 잔을 골라야 한다면 투명하고 거의 무게가 나가지 않는 잔을 골랐을 것 같다.

그날 그 카페에서 내가 고른 잔이 바로 그러한 투명한 잔이었다는 사실을 종종 떠올린다. 내가 선택한 것이 결국 나를 보여주는 지표일 테니까. 어쩌면 내 속이 너무 검고 탁해서, 투명함을 향한 지향이 그런 식으로 발현된 것인지도 모르겠다. 하지만 내가 어떤 사람인지, 내게 담길 수 있는 이야기가 무엇인지 자각하지 못한 채 그저 예쁘다는 이유만으로 크고 화려한 잔을 골랐더라면 금세 들켰을 것이다. 얘는 속이 정말 검고 탁하구나, 의뭉스럽구나, 스스로에게 솔직하지 못하구나, 하고.

코알라에게는 코알라의 잔이 있고, 나무늘보에게는 나무늘보의 잔이 있고, 나에게는 나에게 어울리는 잔이 있다는 것. 그것이 운명의 한계로 오인되지 않았으면 좋겠다. 우리 모두가 잔의 외형이나 크기로 인해 차별당하거나 파괴당하지 않도록 서로가 서로의 규모를 존중하면서 살 수 있는 세상을 꿈꾼다.

적산온도

〈JTBC 뉴스룸〉의 '날씨박사' 코너를 좋아한다. 세상 돌아가는 일을 살펴야 한다는 의무감에 뉴스를 틀어 놓기는 하지만 보도를 접하고 있으면 번번이 함정에 빠진 기분이다. 이 세상이 거대한 싱크홀 같다. 반면 날씨박사 코너가 시작되면 나도 모르게 자세를 고쳐 앉게 된다. 내일 날씨가 궁금해서기도 하지만 그보다 는 날씨에 관한 이모저모를 들을 때 숨어 있는 시를 발견하는 경우가 많기 때문이다.

하루는 '적산온도'에 관한 설명이 이어졌다. 그날 은 어린이날 기념 특집으로 꾸려졌는데 어린이들이 보내온 질문에 기자가 답을 건네는 형식이었다. "바람이 불 땐 왜 윙윙, 씽씽 소리가 나요?" "봄에는 왜 꽃과 벌레가 많은 거예요?" 입가에 미소가 번지는 귀여운 질문들이다. 그중 봄에 꽃이 피는 이유를 설명하는 과정에서 식물마다 꽃이 피기까지 필요한 온도가 있는데 봄이 되면 식물들이 몸 안에 온도를 '저금'하기 시작한다는 이야기가 나왔다. 그렇게 저금한 온도가 가득 차면 비로소 꽃이 피게 되는 것이라고. 나는 그 즉시 노트를 열어 메모했다. 언젠가 내 안에서 이야기로 풀려나올 것 같은 기분 좋은 예감이 들었다.

'작물의 생육에 필요한 열량을 나타내기 위한 것으로서 생육 일수의 일평균기온을 적산한 것.' 사전이 설명하는 적산온도는 실용적인 의미가 강하다. 반면 아이의 눈높이에 맞춰 설명한 적산온도는 경직된 의미에 갇히지 않고 여러 상상을 불러일으킨다. 온도를 저금한다는 말. 모든 존재가 꽃이라면, 나의 피어남에는 얼마간의 시간이 필요할까. 사람의 체온과 면역력은 밀접한 관련이 있다는데, 몸도 몸이지만 무엇보다 마음의 면역력을 키우기 위해서는 무엇을 어떻게 저금해야 할까. 온도계의 빨간 눈금이 서서히 오르는 장면을 상상했다. 벽돌 위에 벽돌을 쌓듯이 답답한 축적이 아닌 자연스럽고 유연한 성장이기를 바랐다.

그 과정에서 '임계점'이라는 단어도 다시 돌아보게 됐다. 지금껏 내게 임계점은 어떠한 한계를 강하게 드러내는 말이었다. 놓친 풍선이 공중으로 날아가다 기압으로 인해 펑 터져버리는 순간 같은. 견딜 수 없는, 용서할 수 없는 스스로를 구겨 담아 풍선으로 날려 보낼 때가 많았다. 피어나려면 그 시간을 견뎠어야 했는데. 놓치지 말고 끝까지 잡고 있었어야 했는데. 기어이 날려 보내야 했다면 터져버릴 풍선이 아니라 새 혹은 구름으로 보내줄 수도 있었을 텐데. 번번이 반성과 후회로만 수렴되는 생각들. 그럴 때 내 안의 꽃은 온도를 잃어갔을 것이다.

왜 항상 스스로를 벌하는 방식으로만 살아온 걸까. 임계점은 한계가 아니라 꽃망울이 터지는 환희의 순간일 수도 있는데. 피려는 마음을 모른 척한 건 세상이 아니라 나였을지도 모르겠다.

그제야 나는 눈금자를 0에 맞추고 나에게 '저금' 되어 있던 말들을 하나둘 떠올려보았다. 희연아, 환히 지내라. 희연아, 너는 너를 좀 더 사랑해야 하겠다. 겨울 창문에 붙어 있는 마른 나뭇잎 같은 말. 성냥갑에 딱 하나 남은 성냥 같은 말.

공중으로 날아오른 풍선은 터지게 되어 있다. 하지만 날아오른 풍선은, 날아가는 시간만큼 다른 풍경을 마주할 수 있다. 대기권에서 바라본 지상의 모습이 얼마나 신비롭고 아름다운지는 오직 풍선만이 알고 있겠지. 그런 생각을 하면, 지나온 시간을 부정하지 않게 된다. 다행히 우리에겐 아직 시간이 있다. 그러니 성냥 같은 말들을 쥐고 조금 더 가보기로 한다. 내 안에서 내가 피어나는 날 초에 불을 붙일 수 있게. 축하 케이크를 잘라 먹으며 무구한 웃음을 지을 수 있게.

주악

호두나무 다반(茶盤)을 선물받은 후론 그곳에 놓일 예쁜 찻잔과 한 입 거리 음식에만 온 신경이 쏠려 있다. 크기가 작아 접시 하나 찻잔 하나 올리면 꽉 찰 것 같은 상이다. 그래서 더 신중해진다. 디자인이 너무 튀면 안 되니까. 무엇보다 호두나무의 색과 기품에 어울려야 하니까. 더하거나 덜함 없이 딱 거기 있어야 할 것으로만 채워진 상태. 그런 완벽한 아름다움을 상상하며 집 안의 접시란 접시는 다 꺼내보던 오후가 있었다. 결국 남은 것은 정리를 요하는 어수선한 주방뿐이었지만.

단어의 집

사람 마음이 이렇게나 무섭다. 없을 땐 별 관심도 없었으면서 우연히 삶에 끼어든 다반 하나가 일상에 낯선 길을 내기도 하는 걸 보면. 부러 쇼핑을 나선 것은 아니었지만 인테리어 소품 가게나 그릇 가게를 만나면 꼭 들어가 보게 되고, 시장엘 가도 평소 같으면 그냥 지나칠 떡집 앞을 자주 기웃거리곤 했다. '주악'에 관심을 갖게 된 것도 그때부터였다. 찹쌀가루를 반죽해 소를 넣고 빚어 기름에 지진 떡. 예부터 귀한 손님 대접에 쓰였다던 음식. 그런 주악을 딱 하나만 접시에 담아 다반에 올리면 더할 나위 없을 것 같았다. 그러니까 주악은 다반으로부터 시작된 여정의 종착점이자 화룡점정인 셈. 색도 모양도 크기도 완벽한 단 하나의 주악을 향한 기다림은 그렇게 시작된 것이다.

다반은 그저 다반일 뿐인데 왜 이다지도 열심인 걸까. 이런 그릇이면 어떻고 저런 그릇이면 어떤가. 매사 그렇게 피곤하게 살지 말자고 다짐했던 나는 어디로 갔나. 그래도 분명한 것은 나에게 주악이란 욕심, 강박, 해악, 아집처럼 덕지덕지 덧붙여지는 삶의 최종 결과물은 아니라는 사실이다. 오히려 욕망, 불안, 미움 같은 부정적 감정을 덜어내고 '가장 간결한 한 상 차림'을 이룩해가는 과정에 가깝다. 가지치기 못한 잔가지가 너무 많아서 늘 사람에 일에 감정에 치이고 절절매는 나에게는 언제나 요원하지만, 그래도 실현해나가고 싶은 삶.

그런 의미에서 시는 내가 아는 가장 간결한 형태의 다반이다. 말과 침묵이 비등한 무게를 지닐 때가 많고 때로는 침묵이 말보다 더 큰 무게를 가질 때도 있다. 글을 퇴고할 때도 무언가를 자꾸 덧붙이려는 나를 가장 경계하곤 한다. 그건 불안이니까. 사족이니까. 그렇다고 잔가지를 몽땅 잘라내고 앙상해진 나무를 뻔뻔하게 내어놓고 최선이었다고 발뺌할 수도 없다. 그건 모두를 속이는 길이니까. 그러니 결론은 주악이다. 놓여야 할 곳에 정확히 놓여 있는 주악의 존재가 시에 불을 지피기도 꺼트리기도 한다. 한 알의 주악 같은 문장이 시에 있었는가. 손안에 든 심장처럼 뜨겁고 흘러내리고 쿵쾅거리는.

지난겨울 부산에 잠시 다니러 갈 일이 있었다. 해운대 근처에서 하루를 묵었는데, 올라오는 차 시간이 남아 주변 갤러리를 검색했다. 파라다이스 호텔 뒤편 '데이트 갤러리'에서 프랑스 작가 티모테 탈라드(TIMOTHÉE TALARD)의 전시가 열리고 있었다. 작가 이름은 생소했지만 기대를 안고 찾아간 그곳에서 내가 꿈꿔온 주악의 형상을 어렴풋이 발견하고 왔다. 전시의 제목이었던 '모노크롬(Monochrome)'은 '흑색 또는 그 밖의 한 색만 사용해서 표현하는 단색화'를 뜻한다. 전시실 벽은 유난히 희었고, 새하얀 벽에 띄엄띄엄 걸려 있던 작품들은 전면이 색으로만 이루어져 있었다. 붉거나 푸르거나 색의 계열은 다양했으나 형상이 있는 그림은 아니었기에 멀리서 보면 단조롭게 여겨지기도 했다. 마법은 그 순간 일어났다. 그림에 가까이 다가서자 각도에 따라 색이 무한히 달라지는 거였다. 오른쪽에서 볼 때와 왼쪽에서 볼 때, 가까이에서 볼 때와 멀리서 볼 때가 달랐다.

전시의 마지막 작품은 벽에 새겨진 작가의 한 문장이었다. '가장 간단한 것이 가장 힘 있다고 생각한다(I think that the simplest thing is the most powerful thing).' 작품에 대한 철학적이고 인문학적인 설명을 얼마든 덧붙일 수 있었을 텐데 그는 그렇게 하지 않았다. 겨우 한 줄이지만, 강력한 한 줄이었다. 그의 주악 앞에서 나의 거울이 와장창 깨지는 경험을 했다. 내 안의 너무 많은 나들, 칭얼거리며 튀어 오르고 무한 증식하는 나를 두더지 잡듯 몽둥이로 내려치던 날들이 스쳐 지나갔다. 그리고 그 끝은 고요와 적막. 새하얀 벽.

　이제 나는 다시 출발선에 선 기분으로 나의 주악을 찾고자 한다. '간단하면서도 짜임새가 있다'는 뜻의 간결. 당분간 내 삶의 모토는 그것이다. 분별과 선택, 집중의 시간이 성큼 다가와 있다.

삽수

생생하기로 유명한 저녁 정보 프로그램에서 어느 주부의 사연이 소개되었다. 결혼 후 경력 단절의 시간을 보내던 그가 우연히 식물을 기르게 되면서 '식테크(식물을 통한 재테크)'의 달인으로 거듭났다는 이야기. 식물이 무슨 돈이 될까 싶겠지만 희귀하게 생긴 이파리 하나가 적게는 50만 원에서 많게는 70만 원까지도 거래된다니 만만하게 볼 건 아닌 듯싶다. 식물 번식 방법의 일종인 '꺾꽂이'는 식물체의 일부인 잎이나 줄기를 잘라 다시 심어 자라게 하는 재배 방식이다. 다른 말로 '삽목(插木)'이라고도 불리며, '삽

수'는 그러한 삽목에 쓰이는 잎이나 줄기를 일컫는
다. 결과적으로 삽수가 있어야 삽목이 가능한 것이
니 삽수의 존재는 그 하나하나가 절대적으로 귀하
다. 모태로부터 떨어져 나온 슬픔을 잊기도 전에
새로운 환경에 내던져진 존재. 화면 속 그는 인큐
베이터에 담긴 신생아를 대하듯 물에 담긴 이파리
를 쓰다듬었다. 그 손길과 눈길이 다정해 보여 다
행이었다.

이 에피소드의 방영 취지는 무엇이었을까. "Boys,
be ambitious!"를 외치듯 주부들의 새로운 재테크를
독려하기 위해서였을까? 만일 그러하다면 전문가가
소개하는 '좋은 상품이 되게 하는 노하우'를 귀담아
들었어야 하는 게 맞다. 그런데 시인의 귀는 엉뚱한
곳을 향한다. "이건 엽록소 결핍으로 희귀한 무늬가
생긴 건데 이런 건 70만 원까지도 팔려요." 그러니까
'70만 원' 쪽이 아니라 엽록소의 '결핍'에 방점이 찍
힌다는 얘기다. 결핍. 그리고 무엇보다 결핍이 만든
무늬라는 말.

'세상엔 경제적 가치로 환원할 수 없는 것도 있다' 정도가 아니라 세상 만물에는 영혼이 스며 있고 그 것들이 삶의 목격자이자 때론 신의 역할을 대리한 다는 생각을 자주 한다. 무릇 시인이란 '보는 자'여야 하고, 그냥 보기만 해서는 안 되고 '똑바로' 보고 '현 상 너머까지도' 봐야 한다는 이야기를 귀가 따갑게 들어왔다(내가 교수자의 입장이 되어도 늘 그것을 강조하게 된 다). 그것이 습관이 된 탓인지 때로는 너머의 너머를 보느라 몸이 아예 현실의 울타리를 넘어가버리는 경 우도 없지 않다. 비유적으로 말했지만 현실감각이 희박해질 때가 종종 있다는 뜻이다(이 나이에도 관공서 와 은행이 치과보다 무섭다). 그러니 식물로부터 재테크 를 연상할 줄은 모르고 신화적이고 종교적이고 철학 적인 방향으로만 연상을 이어가는 것일 테다.

그럼에도 나는 그것이 나쁘지 않다. '상상적 현실' 이라는 말도 있듯이 내 생각이 비현실과 비논리, 환 상의 세계로도 자유롭게 뻗어나간다는 것이 좋다. 결혼하고 첫해에 시부모님과 함께 선산을 다니러 갔을 때가 생각난다. 간단히 상을 차려 절하는 동안 작고 노란 나비가 가까이에서 날았다. 자리를 치우고 일어날 때 "할머님일까요?" 불현듯 던진 한마디에 어머님이 화들짝 놀라시는 걸 보며 내가 더 놀랐다 (등짝을 안 맞은 게 다행이다). 죽음은 끝이 아니니까. 나비는 너무나 영혼의 얼굴을 하고 있으니까. 그냥 나비도 아니고 머리끝부터 발끝까지 샛노란 나비이니까. 할머님이었는지는 몰라도 여전히 나는 그때 그 나비, 천사의 눈이었다고 생각한다.

　나의 반려 식물들로부터도 이따금 그런 시선을 느낄 때가 있다. 온몸이 귀인 식물들이 나를 알고 나를 보고 나를 다 듣고 있다고 믿는다. 그래서 틈만 나면 말을 건다. 아가야, 목말랐지. 아가야, 새 잎 났네. 너는 정말 예쁜 무늬를 가졌단다. 그럴 때마다 남편은 질색을 한다. 제발 '화분/물건'에 대고 아가라고 하지 좀 말라고. 물론 지지 않는다. 아가야, 아빠가 너를 시샘하나 봐. 아빠가 나 없을 때 너희한테 악담하는 건 아니겠지? 나는 그런 자식 둔 적 없다며 절레절레 고개 젓는 남편을 보며 이 식물들이 우리 삶의 목격자일 수도 있다는 이야기는 하지 않는다. 우리의 영혼이 탁해지지 않게 우리를 지켜주고 있을지도 모르잖아,라는 말도.

신의 눈으로 보면 인간은 지구라는 화단에 심긴 삽수들일 것이다. 심는 마음이야 똑같았겠지. 결말은 예측 못 해도 누구에게나 시작은 공평한 손길, 다정한 눈길이었을 것이다. 결핍은 결핍대로 아름답다는 거, 아니 결핍이 도리어 빛나는 무늬를 만든다는 거, 평생 모르고 사는 일도 허다하겠지. 알아도 부정하느라 애먼 시간만 허비하겠지. 노란 나비, 골목마다 놓인 전봇대와 가로수, 베란다의 화분들… 아주 가까이에서, 숱한 메신저들을 통해 알려주고 있는데도 못 보겠지. 나타남과 드러남의 의미, 안 믿겠지.

윤동주 시인은 '별 세는 밤'이 아니라 '별 헤는 밤'이라는 시를 썼다. 그전까진 헤아린다는 말이 크게 다가오지 않았는데 시를 읽고 처음으로 생각해보게 됐다. 세는 것과 헤는 것은 어떻게 다를까. 수량을 센

다는 점에서는 동일하지만 세는 것은 따져 묻고 판
단하는 일이라면 헤아림 속에는 가늠하고 생각하는
과정이 있다. '헤다'는 물살을 가르며 앞으로 나아가
듯이 힘과 의지, 애씀이 수반되는 말이다. 애들아, 그
러니 우리도 매사 헤아리며 살자. 몇 년 전 한 대안학
교 학생들과 윤동주문학관 시인의 언덕을 찾았을 때
나름 크디큰 진심을 담아 꺼낸 말이었는데, 돌아오
는 대답은 "선생님 우리 점심 뭐 먹어요"였고 몇몇은
그마저도 심드렁하다는 듯 휴대폰만 들여다보았지.
우리는 모두 신의 삽수들이란다, 너의 천사의 눈은
무엇이니. 그런 얘기는 시작도 못 했다. 삽수요? 욕이
에요? 너희들 낄낄거렸을 거 다 안다. 그날, 안으로
삼킨 말은 이것이었다. 그래 이 삽수들아, 그래도 헤
아리며 살자. 나타나고 드러나는, 저 모든 의미와 무
의미 하나하나까지 다.

라페

마음이 울적하거나 생각이 잘 정리되지 않을 땐 요리를 한다. 특히 재료 손질에 꽤 많은 시간이 드는 음식들. 한동안은 갈비찜을 주로 만들었다. 핏물을 빼고 고기를 한 번 삶아내고 양파와 배를 갈아 양념을 만들고 당근이며 감자를 돌려 깎고. 필요한 공정을 하나하나 해결해나가다 보면 두어 시간은 훌쩍 지나 있었다. 처음에는 퇴근 후 근사하게 차려진 밥상에 마냥 기뻐하던 남편도 차차 비밀을 알게 되었다. 이음식들은 그냥 음식이 아니라 유독 속 시끄러운 날, 심리적 곤궁을 타파할 아내의 자구책이었음을. 그래도 성격 좋은 남편은 언제나 맛있게 먹어준다. 이따금 저녁 식탁에 칠첩반상이 차려져 있으면 "마감?"이라며 놀리기 시작했다는 것만 빼면.

여름엔 주로 '당근 라페(RÂPER)'를 만든다. 여름철에는 불 앞에 오래 서 있기가 힘드니 불을 사용하지 않는 간단한 요리를 자주 하는 편이다. 특히 당근 라페는 수고에 비해 맛과 활용도가 좋은 음식이다. 라페는 프랑스어로 '강판에 갈다'라는 뜻을 가진 단어인데, 생경하게 말해서 그렇지 당근을 채 썰어 간단히 양념한 샐러드를 말한다. 강판을 사용하면 훨씬 편리하겠지만 반드시 수작업을 고집한다. 라페를 만드는 목적은 당근을 썰기 위함 그 이상도 이하도 아니기 때문이다. 흙 묻은 당근을 씻어 껍질을 벗긴다. 채반에 놓인 당근을 하나하나 썰어나간다. 어슷썰기 후 채썰기. 기계로 썬 것처럼 일정하려면 손끝에 온 힘을 집중해야 한다. 서둘러서도 안 된다. 순간집중력! 몰두! 오목한 그릇에 수북이 쌓여가는 당근을 보면 마음이 가득하다.

당근을 다 썰었다면 요리가 거의 완성된 것이나 다름없다. 채 썬 당근을 소금에 살짝 절여두었다가 홀그레인 머스터드 한 스푼, 레몬즙 한 스푼, 올리브유 휘휘 두르고, 취향에 따라 올리고당을 살짝 넣어 단맛을 추가하거나 생략해도 된다. 냉장고에 넣어 하루 이틀 숙성해 먹으면 더 맛이 좋다. 샌드위치에 넣어 먹어도 스테이크에 가니쉬로 곁들여 먹어도 그만이다(갑자기 요리책인가 싶으시죠. 장황한 수다 죄송합니다). 귀한 지면에 구구절절 라페 이야기를 하는 것은 내 삶에서 라페가 차지하는 비중이 결코 작지 않기 때문이다. 매년 여름 나는 라페를 만들어온 사람이었고, 라페를 통해서 너무 많은 것을 배워왔던 것이다.

처음엔 좋은 당근을 고르는 법도 몰랐다. 마트에서 당근 한 봉을 집어 계산을 하려는데 계산원 어머님(누가 봐도 주부 9단)이 그러셨다. 새댁, 다음엔 흙 묻은 당근을 사세요. 세척 당근이 편리하기는 하지만 대체로 중국산이고 맛이 덜해요. 그때 나는 그 말을, 흙의 기운이 가시지 않은 생명을 구하라는 말로 멋대로 바꿔 들었다. 당근의 단맛은 흙에서 나온다는 생각을 하니 당근의 흙을 씻는 과정을 귀하게 여기게 되었다. 고백하건대 편하자고 강판을 이용했던 적도 있었다. 그런데 아무리 좋은 강판이라도 사람 손맛은 못 따라온다. 아삭함도 덜하고 갈리면서 당근 고유의 즙도 빼앗기는 느낌이다. 그리고 무엇보다, 칼을 들었을 때 정신을 집중하지 않으면 칼은 언제든 흉기가 되기 마련이다. 거대한 바위 아래 깔린 듯 가슴이 답답할 땐 몸을 움직여야 한다. 마음을 조각낼 순 없으니 대신 당근을 써는 것이다. 안녕 나의 주황 마음. 이렇게 길고 단단한 게 명치끝에 걸려 있으니 내가 이토록 답답하구나. 너를 몸 밖으로 꺼내 잘게 썰어주겠어!

라페를 통해 나는 나를 다스리는 법을 배워왔던 것 같다. 라페라는 단어를 내 식대로 정의할 수 있다면 이렇게 적을 것이다. 번뇌의 외투를 '잠시' 벗는 시간. 물론 번뇌는 끈질기고 정직해서 채 썬 당근을 보자마자 바로 들키고 만다. 손끝에 잡생각이 끼어들었

는지 아닌지. 정말로 도망쳤는지 도망치는 시늉만 했
는지. 그래도 칼질은 점차 늘고, 볼품없던 돌덩이가
실은 머나먼 행성에서 날아온 운석이었음을 깨닫게
되는 순간도 가끔은 있다. 흔하디흔한 식재료에 불과
했던 당근이 근사한 요리가 되어 접시 위에 놓일 때.
오늘 치의 번뇌는 그것으로 쓸모를 다한 거 아니겠
나 싶어 뿌듯함을 느끼게 되는 것이다(남편은 이제 당근
라페만 보면 무서우려나? 조각낸 아내의 마음이올시다!).

　　그나저나 요즈음 나의 메모장에는 순 이런 것들
(먹는 얘기)만 적힌다. 가지의 영혼(가지의 색과 모양을 영
혼의 측면에서 연구해볼 필요가 있다). 휴먼그레이드 사료
(그러나 인간은 먹을 수 없다고 한다).《페랑디 조리용어 사
전》(시트롱마카롱, 2017) 구입할 것(첫 장부터 온몸에 전율
왔다. '아 쾨르'는 재료의 중심, 내부라는 뜻. '아 푸앵'은 딱 알맞
게 익었다는 뜻. 상상력이 폭죽처럼 터진다. 이 사전만 정독해도
시 100편은 거뜬할 것 같은 기분인데 물론 기분에서 그칠 예정).
밤 라테엔 버터 한 조각(이건 언제 적었지? 다음에 해 먹어
봐야지).

먹고사는 문제가 이렇게나 멀고도 가깝다는 뜻이 겠지. 궁금합니다, 당신의 번뇌는 어떤 요리일지. 그럼 전 이만 당근 썰러 갑니다. 아직은 제게 라페가 최선이어서요.

몰드

독일에 사는 친구와 손편지를 주고받은 지 오래되었다. 남편의 공부차 독일 드레스덴으로 건너가 그곳에서 어린 두 아들을 키우며 사는 친구다. 이름은 여름. 그것도 한여름. 원래도 각별했으나 멀리 떨어져 살게 된 후로는 애틋함이 곱절은 커졌다. 이따금 여름의 기척이 당도할 때마다 손깍지를 끼는 기분이다. 훌쩍임과 감동은 덤이다. 누가 시인 친구 아니랄까 봐⑵ 어쩜 그리 글을 맛깔나게 쓰는지, 번번이 내가 아니라 이 친구가 시인이 됐어야 했다며 통탄, 아니 감탄한다.

하는 짓도 얼마나 문학적(?)인지, 한번은 종합선물세트 같은 소포 꾸러미를 보내온 적이 있다. 그 안엔 간식거리, 문구류는 물론 독일 생활의 이모저모를 찍은 사진도 담겨 있었는데 그중 나란한 다섯 개의 비석을 찍은 사진이 있다. '6주, 3개월, 2개월, 9주. 잠깐 이 세상에 다녀간 아기천사들의 묘비. 왜인지는 모르겠지만 네게 보내주고 싶어서 찍어두었던 사진.' 뒷장의 짧은 메모와 함께. 산책길에 만난 묘비를 골똘히 들여다보았을 여름의 표정을 상상하면, 내가 서 있는 땅이 조용히 흔들린다. 왜겠니. 모르긴 뭘 몰라. 멋쩍게 혼잣말하며 언젠가 사진 속 풍경이 나의 시가 되리라는 것을 직감했다. 아프겠지만 반드시 태어나야 할 시라는 것을.

2020년 여름에는 코로나 상황이 너무 심각해 편지가 국경을 넘지 못했던 때도 있다. 친구에게로 반송된 편지 겉면에는 '지금은 보낼 수 없다'는 안내를 적은 스티커가 붙어 있었는데 그마저도 심하게 찢겨 훼손된 상태였단다. 아이들이 낮잠에 든 시간, 부랴부랴 펜과 종이를 꺼내 쫓기듯 꺼내놓았을 마음이 제자리로 돌아갔다는 걸 알았을 땐 어찌나 속상하던지. 물리적 장벽에 가로막히고 나니 새삼 우리가 참 멀리에 있구나 실감했었다. 며칠 뒤 메신저 창을 열고 친구에게 말을 걸었다. "여름아, 그 편지 절대 버리지 말고 꼭 가지고 있어. 곧 나아질 테니 다시 보내줘야 한다!!!!!" 느낌표를 다섯 개 적어 넣는 것으로 이쪽의 진심을 전하다 말고 이상한 느낌이 들어 친구가 보내준 사진을 클릭해보았다. 그리고 알았다. 친구가 적은 나의 한국 주소가 잘못되어 있었다는 사실을! 어차피 그 편지는 내게 올 운명이 아니었던 거다. 그렇게 운명이라는, 몫이라는 단어를 새로이 배우며 우리는 낄낄거렸다. 여름이 아니었다면 열리지 못했을 세계, 겪지 못했을 시간이다.

올 들어 친구는 매달 〈월간 여름〉을 발송 중이다. 독일의 지인으로부터 작은 달력을 선물받았는데 달이 바뀔 때마다 그냥 버려지는 게 아깝다면서 달력 뒷면에 편지를 써 보내기 시작한 것이다. 이쪽의 나는 '여름이 보낸 한 달'이라는 시간 자체를 선물받는 기분이다. 2월엔 초조함이 여름의 주인 행세를 했음을 알았고, 3월엔 2유로어치 보랏빛 튤립의 근황을 전해 들었으며, 4월에는 연년생 아이들과 씨름하다 너무 힘들어 엘베강가로 뛰쳐나가 운 일화가 적혀 있었다. 그 고유하고 생생한 이야기들. 그 자체로 시인 순간들.

이따금 나의 생활 반경이 너무 좁다는 생각이 들 때 먼 곳의 여름을 떠올린다. 나라는 존재가 운명 혹은 시간의 몰드(거푸집, 주형, 틀) 안에서 서서히 구워지는 반죽 같을 때. 한 살 한 살 나이를 먹으며 유연함, 부드러움, 생기는 사라지고 딱딱하게 굳어간다는 생각에 두려울 때. 먼 곳의 여름을 떠올리면 나의 몰드가 그만큼 넓어지고 환해지는 기분이 든다. 나의 여름이 그곳에 생생하게 살아 있듯이 이곳의 나도 생생하게 살아 당신의 몰드를 넓히는 데 일조하겠노라 답장하고 싶어진다.

오늘은 7월의 첫날이지만 아직 〈월간 여름〉 5월

호와 6월 호는 도착하지 않았다. 정신없이 바쁜 육아 때문에 짬을 내지 못한 것일 수도, 몫이 아니기 때문에 중간에서 휘발된 것일 수도 있겠지만 아무려나 괜찮다. 과월 호 〈월간 여름〉의 문장들을 몇 번이고 다시 읽으면 되니까. 아무래도 혼자 보긴 아까워 일부를 공개하고자 한다(물론 친구의 허락을 구했다). 이것은 여름의 말. 이 문장들이 당신에게도 오롯이 전해져 당신의 몰드를 넓히는 데 쓰이기를, 믿어 의심치 않는다.

튤립의 비밀을 말해줄게. 튤립을 사다 꽃병에 꽂으면 꽃송이가 테이블에 닿을 지경으로 축 늘어져버린다? 사람 손이 닿으면 그래(임상 실험으로 몇 번 확인). 최대한 손대지 않고 그대로 두면 물을 머금고 어느새 꼿꼿하게 선다. 그때 예쁘다고 줄기에 손을 대면? 그대로 콱 죽어버리겠다고 결심한 듯 금방 푹 고꾸라져. 겨울 냉기로 스스로를 지키고, 꺾인 후에도 아무 도움도 필요 없다는 듯이

구는 튤립을 보면서 혼자 오래 감상에 젖었더랬지. 그래. 너는 그렇게 살고, 그렇게 꽃피우고, 그렇게 시들거라, 응원하게 되더라. 같은 마음으로 네게도 또 한번 응원을 보낼게.

– 〈월간 여름〉 2021년 3월 호에서

버저 비터

도쿄 올림픽이 무사히 끝났다. 2021년에 치러진 2020년 올림픽이라니, 이때의 0과 1은 이진법의 세계에서만큼이나 거대한 함의를 지닌 숫자 같다. 1년이나 연기되었음에도 여전한 악재 속에서 치러진 올림픽을 보며 여러 생각이 오간다. 4년, 아니 5년을 준비했음에도 경기 직전 확진 판정을 받아 출전을 포기한 선수의 눈물과, 연기된 그 1년 덕분에 운 좋게 출전 기회를 얻어 금메달리스트로 도약하게 된 선수의 환호를 겹쳐 보면서 인생이란 알다가도 모를 일이라는 말이 절로 나왔다. 스포츠에 관해서라면 관심도 취미도 없던 나 같은 사람도 중계 화면 앞으로 불러들이는 걸 보면 올림픽은 올림픽이라는 생각도.

개인적으로 이번 올림픽의 최대 수확은 '여자 배구'의 매력에 푹 빠졌다는 것인데 경기장이 한눈에 들어온다는 점도 좋고, 핑 하면 퐁 하고 솟구치는 공의 흐름에 심장이 쫄깃해지는 것도 좋고, 장신 선수들의 불꽃 스매싱과 블로킹, 득점 후의 포효(따라 하고 싶은 내적 충동 마구 샘솟는), 실점 후의 낙담을 딛고 서로를 독려하는 둥근 대형까지도 모든 것이 좋았다. 실은 종목이 중요했던 것 같지는 않다. 심신이 자꾸만 허약해지는 날들 속에서 한계에 도전하는 정직한 육체를 마주하는 것만으로도 충분한 위로였으니까. 글쓰기에도 근육은 필요하다고, 우리가 늘 명작, 걸작을 쓰진 못해도 성실함으로 만들어지는 근육을 우습게 여겨서는 안 된다고 학생들에게 입버릇처럼 말해왔는데 정작 나의 몸은 출렁출렁 뱃살이 접힌 지 오래인 듯해 크게 반성도 하고. 한동안 파이팅 주술에 걸려 시도 때도 없이 파이팅을 외쳐대기도 했다. 출근길 대문을 나서는 남편에게도 파이팅, 개천에 걸으러 나가신다는 엄마에게도 전화로 파이팅, 마감 기한을 한참 넘긴 글쟁이 친구에게도 이모티콘 날리며 파이팅, 무엇보다 오지랖과 일희일비로 사는 나 자신에게 아침저녁으로 제일 크게 파이팅!

그렇다고 없던 힘이 생겨나…지는 물론 않았으나 스포츠의 세계가 삶을 환기시킨 측면은 분명히 있다. 이를테면 경기의 룰과 심판의 존재 같은 것 말이다. 케냐와의 여자배구 예선전 경기에서도 그랬다. 분명 우리 측의 득점 기회였는데 심판은 점수를 무효화했다. 우리의 김연경 선수는 곧장 심판에게 달려가 목에 핏대를 세우고 항의했다. 나 손 안 스쳤다니까! 억울하다니까! 점수 달라니까! 심판은 눈 하나 꿈쩍하지 않았다. 급기야 감독은 비디오 판정을 요청했고 그 결과 우리의 억울함이 입증됐다. 그럼에도 바뀌는 것은 없었다. 심판이 한번 선언을 했으면 그것으로 끝, 결과가 뒤바뀔 일은 없다는 것이다. 억울해도 빨리 수긍하고 경기에 집중하는 수밖에는.

그런가 하면 여자 태권도 67킬로그램 초과급 은메달리스트 이다빈 선수의 발차기는 끝내주는 '버저비터'였다. 경기 종료 휘슬(버저)이 울림과 동시에 골대를 향해 던져진 공을 일컫는 말, 버저 비터(buzzer beater). 본래는 농구 용어지만 최후의 일격, 신의 한 수 등으로도 바꿔볼 수 있을 말. 모두가 끝났다고 생각한 순간에도 선수들은 이를 악물고 한 발 더 나아간다. 그쯤 되면 지고 이기고는 그리 중요하지 않다. 종료 휘슬이 울리는 찰나의 순간까지도 할 수 있는 최선을 다하는 일이, 끝까지 후회 없이 경기를 마치는 일이 선수들에겐 무엇보다 중요할 것이기 때문이다.

　세상의 질서를 구조적으로 뒤집고 개편하는 일은 불가능해 보인다. 아무리 소리쳐도 들리지 않을 말을 계속하는 일 같다. 우리의 심판 선생인 신께서 인간에게 그것을 허락지 않는다면, 더 많은 버저 비터의 가능성을 타진하는 것 외에 다른 대안은 없겠지. 조급함, 갈망, 분노, 사랑, 슬픔 그 무엇이든 동력 삼아 끝의 끝까지 던져봐야겠지. 버저 비터가 운 좋게 골대를 통과한들 득점으로 인정될지 아닐지도 알 수 없는 노릇이지만 일단은 던져보는 태도. 포물선을 그리며 날아가는 공으로부터 끝까지 시선을 거두지 않는 집중력. 그것이 내가 이번 올림픽을 통해 배운 가장 큰 수확이다.

그런데 사실 최고의 수확은 다른 데 있다. 우리에게 불리한 판결을 내린 심판에게 진격의 거인처럼 달려가 따지던 김연경 선수의 포스 말이다. 남에게 싫은 소리 절대 못 하는 소심의 왕 나로서는 상상조차 할 수 없는 저 당당함. 부당하다고, 재고하라고, 할 말 끝까지 하는 (심지어는 영어로) 저 똑 부러짐. 자기 과실일 땐 미안해서 입을 꾹 다물고, 다른 선수 과실일 땐 "괜찮아!" "할 수 있어!" 어깨든 팔뚝이든 꼭 한번 두드려 독려하며 공기를 부드럽게 만드는 저 너른 품. 그러니까 김연경 선수가 짱이라는 결론.

나도 그런 존재가 되고 싶다. 시의 시작부터 마지막 문장까지 매 순간 버저 비터를 던지는 심정으로 쓰는 사람. 깊고 넓고 높고 알록달록하고 날카롭고 따뜻한 거 다 하지만 그럼에도 품위를 잃지 않는 시. 단전에서부터 에너지를 끌어올려 외쳐본다. 우리 존재 파이팅! 나의 시도 파이팅!

휘도

비올라 연주가 리처드 용재 오닐의 그래미 어워드 수
상 소식이 전해졌다. 세 번의 노미네이트 끝에 '베스
트 클래시컬 인스트루멘털 솔로(Best Classical Instrumental
Solo)' 부문에서 수상의 쾌거를 이룬 것이다. 화면에
비친 그는 감격스러운 얼굴로 수상 소감을 말하고
있었다. 그 모습을 보며 그의 〈섬집 아기〉 연주를 처
음 듣던 날을 떠올렸다. 기교가 아니라 오롯한 진심
으로 가닿으려는, 단순하고 명징한 선율. 그날 이후
〈섬집 아기〉는 내가 아는 가장 슬픈 자장가가 되었
다. 음악의 힘을 빌리지 않아도 자장가라는 말 자체

가 이미 거대한 슬픔이지만.

그의 수상 소감에는 놀라운 지점이 있었다. 그는 "상을 받게 되어 영광입니다"라고 말하지 않고 "비올라에 있어 위대한 날이에요"라고 말했는데 두 표현 사이에는 엄청난 차이가 있다고 생각한다. 물론 영광스러움과 위대함이라는 단어의 어감이나 의미 자체도 다르지만 그보다는 그러한 영예를 누구의 몫으로 돌리느냐에 있어 확연한 차이가 감지되기 때문이다. 그는 영광의 주체를 자기 자신이 아닌 비올라에게로 돌렸다. 위대하다면 그건 내가 아니라, 나의 연주가 아니라, 이 모든 것에 앞서 존재하는 비올라의 위대함이라는 듯이.

그 말은 그가 비올라와 맺어온 관계를 함축적으로 보여준다. 나는 너를 악기로서 소유하는 것이 아니란다. 우리는 동등하고, 나란하며, 무엇보다 오랜 시간을 함께해왔지. 고작 한마디 말일 뿐이지만 그가 비올라를 대하는 태도, 비올라와 함께해온 시간 전체를 느낄 수 있었다고 말하면 너무 과장일까. 그러나 하나를 보면 열을 아는 법. 고작이나 겨우 같은 말은 의외로 힘이 세다. 도리어 나는 그가 좋은 음악가인 이유를 거기서 찾을 수 있었다고 생각한다.

그에 비하면 '나는'으로 시작하는 문장은 얼마나 벽돌 같고 성벽 같은가. 나를 보기 위해서는 거울을 볼 게 아니라 당신을 더 자세히 들여다봐야 하는 게 아니었을까. 당신의 절대성, 당신의 있음, 당신의 자리가 있어 출현하고 지탱되는 내가 있다는 것. 내가 당신을 '통해서' 존재한다는 발상은 우리의 삶을, 관계를, 미래를, 어떻게 회전시킬 수 있을까.

'휘도'라는 단어에서 그 답을 찾아보기로 한다. 물리학에서 쓰이는 조도와 휘도는 명백히 다른 개념이다. 빛이 얼마나 도달하는가, 그 물리량을 가늠한다는 점에서는 동일하지만 조도는 특정 면적에 직접 도달한 빛의 양을 일컫는데 반해 휘도는 그렇게 도달한 빛이 반사되어 우리 눈에 얼마나 들어오는지를 측정하는 개념이다. 결국 휘도는 필연적으로 한 번의 굴절을 거치는 셈이다. "당신의 눈동자에 건배!"

라는 저 유명한 〈카사블랑카〉의 대사가 세기의 고백일 수 있었던 까닭을 생각해본다. 이 문장은 조도가 아니라 휘도의 방식으로 작동한다. 내가 여기 있어서 당신을 사랑하는 게 아니에요. 당신이 먼저 거기 있기에 이렇게 나도 당신 눈 속에 담길 수 있습니다.

저 혼자 빛나는 사람은 없다. 탄생부터 죽음까지 우리는 모두 타인의 보살핌 속에서, 관계망 속에서 살아간다. 영악하다는 말은 욕이어도 영리하다는 말은 칭찬이다. 너 때문이라는 말은 힐난이지만 너 덕분이라는 말은 상찬이다. 그러니 어떻게 말할 것인가. "비올라에 있어 위대한 날이에요"라는 문장이 반사하는 겸손하고도 따뜻한 빛을 오래도록 기억하려 한다. 네, 나도 당신을 통해 나를 보고자 합니다. 내 모든 당신들의 눈동자를 섬세하게 들여다보며 살고 싶어요.

잔나비걸상

'잔나비걸상'은 담자균류 민주름버섯목 불로초과의
버섯 이름이다. 텔레비전에서 이 버섯을 처음 보던
날, 한시도 눈을 떼지 못했던 기억이 난다. 어쩜 저
렇게 이름부터 모양까지 희한한 버섯이 있담. 게다
가 불로초라니! 세상엔 많고 많은 생명체가 있다지
만 특히나 버섯은 너무나도 신비로운 존재 같다. 사
실은 '균'의 일종이라는 것, 이따금 독을 품고 있다는
것, 죽은 나무에서도 잘 자란다는 것도 모두 다 신비
의 세목들이다.

　더불어 이러한 신비에 이름을 붙이는 행위, 우리

가 소위 '학명'이라 부르는 것도 나의 호기심을 마구 마구 자극한다. 생물학도의 눈엔 분류를 위한 '체계'에 불과할지 몰라도 시인의 눈엔 그 하나하나가 '메타포'로 읽힌다. 학명에서 무슨 시를 운운하느냐며 의아해하려나. 그러나 신해욱 시인도 같은 생각을 했던 모양이다. 그의 〈무족영원〉(《무족영원》, 문학과지성사, 2019)이라는 시에는 이런 구절이 등장한다. "열대에 서식하는 백여 종의 눈먼 생물이 / 양서류 무족영원목 무족영원과에 속한다고 합니다." 시인의 눈엔 '무족영원'이 단순한 글자 이상이었으리라 짐작된다. 그러니 다리도 발도 없이 땅 위를 기어 다니는, 눈 위를 피부가 덮고 있어 빛과 어둠만 간신히 구별 가능하다는 '양서류 무족영원목 무족영원과'의 생물로부터 영원에 가까운 어둠을 읽어냈을 테고, 그 어둠과의 감응을 "무족영원의 순간"이라 이름 붙였을 테다.

《정원사를 위한 라틴어 수업》(궁리, 2019)도 학명에 대한 관심으로 살펴본 책이다. 이 책엔 식물 학명에 관한 모든 것이 담겨 있다. 색과 형태, 크기와 향기, 서식지 등에 따라 제각기 다르게 조합되는 이름들을 따라 읽다 보면 영원히 이해할 수 없을 것 같던 세상의 비밀을 잠깐이나마 훔쳐본 기분이 든다. 노트도 빼곡해졌다. '심장 모양과 다소 비슷한' 식물에 붙여지는 접미사 '숩코르다투스(subcordatus)'는 가장 먼저 노트에 옮겨 적었던 말이다. 심장 모양의 식물이 세상에 존재하듯이 '심장 모양의 시'라는 것도 존재했으면 좋겠다, 그런 시에만 붙일 수 있는 학명이 있다면 어떤 어감이 어울릴까, 꼬리에 꼬리를 무는 생각들. 솜털이 있는가 가시가 있는가, 혹은 아무것도 없이 매끄러운가에 따라서도 다른 이름이 붙는다. 멀리서 보면 똑같아 보이는 검정이더라도 검은, 새까만, 거무튀튀한, 거무스름한 등 어떤 검음이냐에 따라 각기 다른 이름을 부여받는다. 세상 어떤 이름도 함부로 붙여지지 않는구나, 이름이라는 건 이렇게 다채롭고 세세한 변별을 통해 얻게 되는 것이구나, 그런 생각을 하면 마음이 어찌나 풍성하던지.

그런가 하면 우리의 처음 단어 '잔나비걸상'은 어떤 연유에서 붙여진 이름인지 도무지 모르겠다. 버섯 도감을 찾아봐도 왜 그런 이름이 붙은 것인지에 대한 이야기는 빠져 있다. 잔나비는 원숭이이고 걸상은 의자를 뜻하는 말이니까 '원숭이가 잠시 앉았다 갈 만한 의자'라는 뜻에서 붙여진 이름일까? 하기는 생긴 게 의자처럼 판판하기는 하다. 버섯 도감에서도 이 버섯의 형태를 반원, 낮은 산, 발굽에 묘사하는 걸 보면. 형태적 유사성에 입각해 붙여지는 이름도 많으니('며느리밑씻개' 같은 이름은 여전히 이해되지 않고 정말 싫지만) 충분히 설득력 있는 추측 같다. 아무려나 신기하다. 세상 모든 이름들 말이다. 체계가 있든 없든 설명이 가능하든 불가능하든 세상에 존재하는 모든 이름은 그 자신의 비밀을 품기 위해 존재하는 게 아닐까. 그렇다면 나와 당신의 이름에는 어떤 비밀이 숨어 있으려나.

당신 이름의 비밀은 알 길 없으니 나의 비밀을 먼저 누설해보자면 이렇다. 나는 내 이름이 참 좋고 마음에도 들지만 한자로 어떤 뜻을 가졌느냐 물어오면 말끝을 흐린다. 그냥 평범한 뜻이에요, 하고. (이러면 꼭 제 한자 이름 찾아보는 분 있으시겠죠!) 중국어를 처음 배울 때가 기억난다. 고등학교 제2외국어 수업 시간의 일이다. 담당 선생님께서 학생들의 한자 이름을 일제히 조사해 성조와 발음을 가르쳐주신 적이 있다. 이름이 희연이라면, 희망의 희, 연필 할 때 연, 연동되는 단어를 하나하나 짚어가며 각자의 이름을 다 같이 소리 내 발음해보는 시간이었다. 드디어 내 차례가 왔다. 지혜롭고 아름답고 선한 이름들 사이에서 내 이름은 뾰족하게 튀어나온 못 같았다. 세 자 모두 1성이네요. 다 같이 발음해볼까요? 안찌옌(安姬燕, ān jī Yān). '희' 자는 보통 여자 이름에 많이 쓰는 아가씨 희이고, '연' 자는 제비(燕子, yànzi) 응? 할 때 연 자네요, 그럼 다 같이 따라 해볼까요?(선생님의 응? 잊지 못하리) 반 친구들이 일제히 내 이름을 외치는데 얼굴이… 어찌나 화끈거리던지. 이 이름은 우리 할아버지가 붙여주신 귀한 이름이고요, '연' 자에는 제비라는 뜻도 물론 있지만 '베풀다, 잔치하다'라는 뜻도 있거든요. 그러니까 저는 여자 제비가 아니고요, 늘 잔치하듯 베풀며 살라는 할아버지의 큰 뜻이…. 물론 그런 말은 하지도 못하고 고개를 푹 숙였던 기억.

잔나비걸상은 자신의 이름이 잔나비걸상이라는 것에 만족할까. 이해할까. 아무려나 잔나비걸상은 나에게 하나의 상징으로 남을 것 같다. 그 기원을 상상할수록 더더욱 신비로워지는 미지(未知)로서. 알면 아는 대로 모르면 모르는 대로 더욱더 놀라워지는 이름 그 자체로서.

버력

극한 변비에 걸린 도마뱀에 관한 기사를 보았다. 미국 플로리다에서 몸의 80퍼센트가 대변으로 이루어진 도마뱀이 한 생물학도의 레이더망에 포착된 것이다. 근처 피자집에서 흘러나온 기름 섞인 모래와 곤충 등을 섭취한 것이 소화되지 않고 응고되면서 복부가 크게 부풀었다고 했다. 기사에 실린 도마뱀의 엑스레이 사진을 남편에게 보여주며 "도마뱀도 극한 변비래!" 하며 일단 웃었다. 평소 성격이 예민한 탓에 줄곧 스트레스성 소화불량에 시달리는 나를 겨냥한 자조 섞인 농담이었다.

그런데 기사를 차츰 읽어 내려가다 보니 아, 이게 이렇게 웃을 일이 아니었는데 싶어 급격하게 후회가 됐다. 배 속의 대변은 바윗덩어리처럼 딱딱하게 굳어 밖으로 빠져나올 수 없는 상태였고, 결국 도마뱀을 처음 발견한 생물학도는 도마뱀의 고통을 감안해 안락사를 선택할 수밖에 없었다는 이야기가 이어졌다. 결국 나는 한 존재의 고통 앞에서, 고통을 내 식대로 소비하면서 웃고 만 것이었다.

이윽고 둔감, 마비, 무관심 같은 단어들이 머리를 스쳐갔다. 익숙해져서, 귀찮아서, 사는 게 바빠서 등등의 이유로 예전에는 온 정신과 마음을 쏟았으나 지금은 그러지 못한 일이나 관계는 없는지 다시금 나의 삶을 점검해보는 계기이기도 했다. 이바라기 노리코의 시 〈자기 감수성 정도는〉(《처음 가는 마을》, 봄날의책, 2019)의 한 구절이 떠오르기도 했다. "자기 감수성 정도는 / 스스로 지켜라 / 이 바보야" 시 안에서 빠져나온 야무진 손이 꿀밤을 때리고 간 것 같았다. 은근히 아팠다.

그로부터 며칠 뒤 '버력'이라는 단어를 만났다. 광석을 캘 때 광물이 섞여 있지 않아 쉬이 버려지는 돌멩이. 바다에 방파제를 만들 때 기초를 다지기 위해 물속 바닥에 집어넣는 잡다한 돌멩이. 정신이 번쩍 났다. 나의 하루하루가 그렇게 버려지는 돌멩이라면, 아니 나 자신이, 내 존재가 그렇게 잡다하게 취급되는 돌멩이라면 어쩌지. 학생들 앞에선 늘 깨어 있어야 한다고 말하면서도 정작 나는 녹화된 영상을 반복 재생한 것처럼 관성적으로 살고 있었던 건 아니었을까.

그래서 얼굴을 들여다보기 시작했다. 거울 속에 있는 내 얼굴이 아니라 세상에 존재하는 수많은 얼굴들. 제각기 다른, 그러나 고통과 환희를 공평하게 품고 있는 얼굴 말이다. 평소 시 작업이 잘 나아가지 않을 때에도 그림책이나 화집, 사진집을 자주 펼쳐 보곤 하는데 최근에 만난 것 중에는 마야 세프스트룀의 《안녕, 아기 동물》(그림씨, 2021)이 가장 좋았다. 이 책에는 비인간 동물의 얼굴이 있다. 인간의 관점에서 보면 낯설고 놀라울지 몰라도 그것이 곧 그 동물들의 우주이고 질서라고 책은 말한다. 뱅가이 카디널피시는 아빠의 입안에 알을 낳는다고 한다(그 덕에 아빠는 석 달간 아무것도 먹지 못한다). 모래뱀상어는 알이 아니라 아기를 낳는 포유류인데 한 번에 두 마리를 임신하며 한 마리만 남을 때까지 엄마 자궁 안에서 서로를 잡아먹는다고 한다(그렇게 살아남은 생명에게도 경이라는 이름을 붙일 수 있을까). 밥을 먹기 전에 반드시 엄마 똥을 먹어야 하는 코알라도 있다(음…). 이해할 수 없다고 말하기 전에, 그 우주의 섭리와 질서를 인정하는 일이 먼저일 것이다. 인간 종(種)에 대한 환멸이 커져갈수록 내가 미지(未知)라 여겼던 세상에 더욱더 관심을 쏟아야겠다고 다짐한다. 그리고 그들과 함께 살아가는 방법도 고민하게 된다. 얼굴을 가진, 무엇보다 두 '눈'을 가진 존재들과 눈 맞추는 일. 그건 나를 흔들고 부수는 과정이다. 확고부동하게 여겨졌던 나, 비대해질 대로 비대해진 나를 텅 비우는 과정이다.

이 세계가 광산이라면 신은 성실하게 인간 광물을 캐낼 것이다. 그것이 신의 일이니까. 어떤 원소를 포함하고 있는지에 따라 광물은 제각기 다른 색을 띤다. 금인지 은인지, 흑연인지 석탄인지, 그도 아니라면 그냥 버려지고 말 버력인지 일단은 캐봐야 한다. 시작해봐야 알고, 끝나봐야 안다. 그러니까 나라는 인간의 최후를 미리부터 결론 내지 말고 일단은 나를 잘 다듬어가는 게 맞다. 적어도 내 삶을 버력의 자리에는 두지 않기 위해서.

세상에는 수많은 얼굴과 얼굴이 있다. 전자가 나의 얼굴을 지칭한다면 후자는 나를 제외한 세상 모든 얼굴일 것이다. 앞의 얼굴도 중요하지만 뒤의 얼굴로 향하는 시선을 확장해나가는 작업이 지금 내가 시도해볼 수 있는 가장 이상적인 회복의 방향이다. 잘 산다는 건 뭘까. 섣불리 대답할 수는 없지만 그래도 얼굴을 들여다보려는 노력을 멈추지 않는 한 내 삶이 좀 더 의미 있어질 거라고 믿는다. 그런 마음으로 뒤늦은 고백을 한다. 도마뱀아 미안해. 좋은 곳으

로 가렴. 너의 얼굴을 오래도록 기억할게. 너에게 눈
이 있었다는 사실을 잊지 않을게.

피막

지방에 다녀오는 길, 우연히 양조장에 들렀다. 차를 타고 가는데 도로변의 양조장 간판이 순간적으로 눈에 들어온 것이다. 이런 우연은 대체로 행운으로 이어질 때가 많다. 규모는 크지 않았지만 몇 해 전 '전통주 부문 대통령상'을 수상했을 정도로 전도유망한 양조장이었던 것. 대표님은 예약도 않고 무턱대고 찾아온 손님을 기꺼이 맞아주셨다. 총 네 종류의 술을 시음해볼 기회도 주어졌는데 새로운 술을 맛볼 때마다 대표님의 친절한 설명도 곁들여졌다. 전통주의 전반적인 제작 공정은 물론 우리 술을 가장 맛있게 먹는 법 — 소주는 상온에, 약주는 냉장 보관해서 차갑게 먹어야 맛이 좋다 등등. 술에는 문외한인 나에겐 모든 정보가 유익하고 흥미로웠지만 그중에서도 이런 부분에선 유달리 멈칫했다. "조심스러운 이야기지만 술 만드는 사람으로서 와인은 추천 안 해요. 과일 씨앗에는 독이 있거든요." 여러 이야기가 오가던 끝에 와인에 대한 이야기도 흘러나온 참이었다.

씨앗에 독이 있다? 순간 그 말이 벼락처럼 나를 가르고 지나갔다. 내가 상상하는 씨앗은 한없이 맑고 여린 존재였기 때문이다. 엄마 배 속에 막 자리 잡은 생명 같은. 무한한 가능성으로 가득 차 있지만 충분한 보살핌이 없다면 영원히 캄캄한 땅속일 수 있다는 점에서 시혜적으로 바라보기 쉬운 생명 말이다. 그런데 씨앗에 독이 있다는 이야기를 들으니까, 게다가 그 독이라는 게 식물로 하여금 외부 물질로부터 스스로를 보호하고 방어할 목적으로 생겨난다는 사실을 알고 나니까, 세상 모든 씨앗을 달리 보게됐다. 지금껏 시에도 씨앗이라는 단어를 종종 쓰곤

했는데 그때마다 시 안에 서늘한 독기가 스미는 이유가 궁금했다. 내가 인지하지 못하는 동안에도 그 '씨앗 속의 독'이라는 것이 열일을 하고 있었던 모양이다.

그 즈음 읽었던 책의 한 대목도 겹쳐졌다. 세계적인 작가 존 버거와 그의 아들 이브 버거가 주고받은 편지 모음집 《어떤 그림》(열화당, 2021)에서, 부자는 회화 작품을 사이에 두고 예술과 삶 전반에 대한 심도 깊은 대화를 나눈다. 모든 페이지, 모든 사유가 아름다웠지만 그중에서도 유독 나의 시선을 붙잡았던 건 '흰 물감'이 등장하는 대목이었다. 화가인 이브 버거는 종종 흰 물감을 만들어 사용한다고 했다. 물감을 만들기 위해서는 안료에 기름을 섞어 부드럽게 개는 과정을 거쳐야 하는데, 자신의 창틀에는 몇 년째 사용 중인 "린시드유 병"들이 놓여 있고, 그 기름 "표면에 형성된 주름진 피막 아래" "벌집에서 딴 벌꿀" 같은 "황금빛 기름"이 담겨 있다는 설명이었다. 대화의 주변부에 해당될 만큼 사사로운 장면이었지만 내겐 그 어떤 문장보다 깊이 남았다. 그 '피막'이라는 말. 그 단어에 왜 내 영혼이 진동하는 것 같았을까.

병 안에 담긴 기름에 피막이 생기기까지의 시간을 가늠해보았다. 하루아침의 일은 아닐 것이다. 적어도 몇 년에 걸쳐, 병 속의 기름이 이곳에 '고인' 자신의 삶을 인정하고 용서하고 이해하려는 노력이 있었기에 빚어진 결과 아닐까. 그 피막이라는 거, 사랑하고 미워하기를 반복하며 어렵게 어렵게 건너온 시간의 주름일 것이다.

과학적으로 틀린 설명이라 해도 상관없다. 모든 현상을 과학적, 논리적으로만 설명하려 들면 세상 모든 신비는 몸을 틀어 삶의 반대편으로 떠나버릴 테니까. 신비가 아니라면 씨앗이 품고 있는 독을 어떻게 설명할 수 있을까. 우리 안의 가장 여린 마음에까지 독이 스며 있다는 사실을. 그때의 독은 악이 아니다. 안간힘이고 사랑이다. 인간이 제아무리 약하다 해도 인간은 저절로 강한 면이 있다. 씨앗이 품은 독이 하는 일이 바로 그것이리라. 무력한 인간을 번번이 일으키는 일. 주저앉아도 일으키고 주저앉아도 또다시 일으키는 일.

우리는 모두 찢기기 쉬운 피막을 가지고 있다. 어느 누구도 다른 이의 피막에 함부로 막대기를 꽂아 휘저을 수 없다. 대단한 무엇이 파괴되어서가 아니다. 한 인간을 둘러싼 피막이 손상될 때 인간은 죽는다. 아주 작은 찢김으로도 상한다. 그러니 겪고 뒤척이면서 두터워지는 수밖엔 없다. 이 여름, 이 겨울을 지나면 또 한 겹의 피막이 생겨나겠지. 이 사랑, 이 터널을 빠져나가도 또 한 겹의 피막이 생겨나 있을 것이다. 그 시간을 믿으며 가야겠다. 당신도 그랬으면 좋겠다.

블라이기센

매년 12월 31일에만 펼치는 노트가 있다. 무늬 없이 샛노랗고 크기는 손바닥보다 약간 작으며 겉면에는 'NOT TOO LATE'라는 문구가 적혀 있는. 1년에 딱 한 번, 한 해의 마지막 날에만 사용할 수 있다는 조건(?) 때문에 대부분의 시간 희미하게 존재하지만, 필요한 순간만큼은 강렬한 존재감을 뽐내는 노트.

한 해의 마지막 날에만 펼칠 수 있는 건 그것이 내 새해 소망을 모아둔 금고이기 때문이다. 새해 소망을 구구절절하게 적는 것도 금지된다(혼자 쓰고 혼자 볼 노트에 무슨 규제가 이다지도 많은지!). 딱 한 줄일 것.

구체적이지 않고 추상적일 것. 진심일 것. 추가로 지켜져야 할 조건들이다. 누군가는 고개를 갸웃할지도 모르겠다. 구체적으로 적어도 작심삼일에 그치는 것이 새해 소망이거늘 일부러 추상적인 소원을 적는다는 게 의아할 수도 있겠다. 나름대로 반박할 이유는 있다. 내 삶이 굴러가는 원리를 살펴보면 다분히 목표 지향적이고 무언가가 되어야만 한다는 강박으로부터 한시도 자유롭지 못했기 때문이다. 새해 소망을 아예 쓰지 않겠노라 작정한 시간도 있었다. 그런데 그때의 백지는 어딘가 무책임해 보였다. 말뚝에 묶인 양을 풀어주되 초원을 떠나게 하고 싶지는 않았다. 여기가 내 집, 내 삶의 장소이니까. 'NOT TOO LATE' 노트는 그렇게 탄생했다. '까다로운 작은 소망들'을 늦지 않게 채집하기 위함이었다.

어떤 해에는 '알록달록해지기'라는 소망을 적었다. 어느 해에는 '사랑스럽게 거절하기'를, 또 어느 해에는 '더 많은 이야기를 가진 사람이 될게'라고 적었다. 매해 쌓여가는 '까다로운 작은 소망들'이 잘 지켜지고 있는지는 모르겠다. 알록달록하고 사랑스러운 상태를 어떻게 정의 내릴 것인지, '더' 많은 것과 '덜' 많은 것을 어떻게 구분할 수 있을지 답변하기란 쉬운 일이 아니니까. 그럴수록 속으로는 '참 좋은 소망이었어!' 생각한다. 생활은 구체적인 결정과 책임들로 굴러가는 것이고 그래서 엄중할 수밖에 없으니 적어도 소망만큼은 추상의 자리에 두고 싶은 까닭이다. 지킬 수 없는 약속 때문에 고꾸라지는 일, 스스로를 단죄하고 실망하는 일은 이제 그만해도 되지 않을까.

'일정한 격식을 갖추어 치르는 행사나 예식'이 의식이라면, 나는 나만의 작은 의식들을 통해 내 삶에 예의를 다하고 싶다. 그것이 꼭 거창할 필요는 없다. 끝날 듯 끝나지 않는 하농 연주 같은 삶에서 매년 찾아오는 새해는 '전조/조바꿈'의 시간일 뿐이다. 대체로 진부하고 아주 가끔 놀라워지는 삶에서 그런 작은 의식마저 없으면 어제와 오늘을, 내일과 모레를 어떻게 구분할 수 있을까. 그러니 시청역 앞 진주회관에서 콩국수를 먹지 않으면 나의 여름은 시작되지 않아요(만일 10월에 먹었대도 내겐 그때가 여름의 시작이에요). 집 앞 담장에 흐드러진 능소화 사진을 찍어야 비로소 7월이지요(그것은 내가 이 집에 사는 가장 큰 이유인걸요). 그렇게 나만의 작은 의식의 목록을 늘여가보면 어떨까. 나의 달력, 나의 엔딩을 상상하면서.

독일에는 '블라이기센(Bleigießen)'이라는 풍습이 있다고 한다. 12월 31일 밤이 되면, 납을 녹여 그림자의 형태나 굳은 모양을 보고 한 해의 운을 점치는 것이다. 마트에 가면 블라이기센 키트(kit)를 팔기도 하는데 1~2유로면 구입이 가능하단다. 내가 녹인 납이 권총, 칼, 토끼, 그 밖에 어떤 모양을 하게 될지는 알 수 없다. 그리고 그 모양이 무엇을 의미하는지도 해석하기 나름일 것이다. 다만 그 작은 의식을 통해 각자가 살아낼 일 년의 모양을 예감해보는 것이겠다. 그 순간 무형의 삶은 깜빡, 하고 빛난다. 애야, 삶이란 흘러가버리기만 하는 게 아니라 이렇게 손에 잡히기도 한단다. 지금 여기 네 손안에 분명하게 들려 있잖니, 하고.

2

홀로 짓는
표정 같은
말

모루

'모루'라는 단어가 눈에 들어온 건 론 마라스코, 브라이언 셔프의 책《슬픔의 위안》(현암사, 2012)을 통해서였다. 저자는 책의 서문에서 우리가 쓰고자 한 것은 'grief', 즉 '슬픔'이었다고 고백한다. 슬픔의 모든 것을 알기 위해 그들은 사별을 경험한 이들과 수많은 인터뷰를 진행해왔고, 그 고유한 슬픔이 어떻게 한 사람을 통과해가는지를 애정 어린 시선으로 살폈다. 그리고 이 책을 썼다. 요약하자면, 슬픔과 위안이라는 두 단어 사이의 거대한 협곡을 끝끝내 건너가는 이야기였다.

모든 글이 투명하고 아름다웠지만 그중에서도 1부 〈슬픔의 무게〉에 수록된 '모루' 꼭지는 몇 번을 읽어도 눈시울이 붉어지고 마음이 유리처럼 깨진다. 모루는 대장간에서 재료를 올려 두드릴 때 쓰는 판이다. 현실에선 찾아보기 어려워졌지만, 주로 만화영화에서 주인공(혹은 악당)의 머리 위로 떨어져 눈을 튀어나오게 만드는 역할로 출연한다고 책은 설명한다. 마찬가지로 슬픔에 빠진 사람에게도 그를 '후려치는' 모루가 있다고 했다. 괜찮다고, 이미 지나간 일이라고, 방금 전까지 씩씩하게 웃어 보이던 이가 뒤돌아서서 홀로 짓는 표정을 상상하게 만드는 대목이었다.

'ㅗ'와 'ㅜ' 모음을 연달아 발음할 때의 둥글둥글한 인상과는 다르게 모루는 정수리를 내려찍는 '도끼' 역할을 수행하는 듯하다. 겉으로는 멀쩡해 보여도, 피 한 방울 흐르지 않아도 이미 쪼개진 후인 것이다. 내게도 그런 모루들이 있다. 하나가 아니기에 복수형으로 써야만 하는. 시를 쓰면서 내가 건너온 시간은 그런 모루들과의 대면이었는지도 모르겠다.

눈이 온다고 환호하며 모자와 장갑을 챙겨 밖으로 달려 나가는 사람들 사이에서 나는, 창문을 걸어 잠그고 커튼을 치는 사람이다. 세상이 하얗게 변한 날 할머니와 아빠를 잃었기 때문이다. 길을 걷다 바람결에 라일락 향기가 실려 올 때면 걷는 법을 잊은 사람처럼 몸이 굳는다. 라일락은 아빠가 피우던 담배의 이름이니까. 어떤 날은 세상 전체가 모루였을 때도 있었다. 그럴 때 나는 흰 천으로 시간을 덮어두는 사람이다. 하지만 그건 결코 좋은 방식이 아니라는 걸 안다. 언젠가 바람은 흰 천을 소리 없이 걷어갈 테고, 그 순간 내가 마주해야 할 것은 조금도 썩지 않은 얼굴이라는 것도.

썩게 하는 힘. 감정이든 사람이든 시간이든 썩을 때까지 기다려야 하는 것들이 있다. 어떤 마음들은 바로 그 순간에만 말이 된다. 오늘은 비가 왔어. 낮에도 어둑해서 불을 켜야 했지. 너는 대답이 없구나. 오늘은 날이 맑았어. 버지니아 울프가 연필 한 자루를 사러 런던 거리를 헤매는 이야기를 읽고 나도 용기 내어 외출을 해보았어. 시장에 봄나물을 사러 다녀왔는데 주인아주머니가 제철이라 맛있을 거라며 한 움큼을 더 담아주신 거 있지. 덜렁덜렁 검은 비닐봉지 흔들며 집으로 돌아오는 기분이 좋았어. 너는 대답이 없구나.

그런 혼잣말들로, 눈물로, 한밤의 달리기와 그네타기로, 시와 음악으로 우리는 모루에 대항한다. 연필 한 자루가 산책의 근사한 핑계일 뿐이라는 걸 모르는 사람은 없다. 연필은 이미 충분하니까. 애초에 필요도 없었으니까. 그럼에도 그가 신발 끈을 고쳐 묶고 문을 열었다면 슬픔에서 위안으로 가는 협곡을 뛰어넘는 중이라고 여겨주기를. 썩고 난 뒤에야 묻을 수 있다. 땅이 아닌 가슴에 묻는 것이더라도. 너는 여전히 대답이 없구나. 그는 그다음 말을 향해 온 마음으로 가는 중일 것이다.

유루

유루증(流淚症)에 걸린 강아지 사진을 보았다. 눈 주
변에 적갈색의, 무언가 흐른 듯한 자국이 선명했다.
《내 강아지를 위한 질병사전》(작은책방, 2014)에 따르
면 유루증은 코로 흘러내려야 하는 눈물이 배출되지
못해 눈으로 끊임없이 흘러넘치는 상태를 말한다.
불가에서는 번뇌로 가득해 깨달음을 얻지 못한 상태
를 일컫기도 한단다. 하필 적갈색인 데에도 이유가
있다. 눈물에 함유된 철분이 공기와 만나면 갈색으
로 변하는 성질을 지녔기 때문. 너무 울어서 피부색
이 변할 정도라니. 하고많은 색 중에 적갈색이라니.

나에겐 팥죽만 보면 목이 메고 울고 싶어지는 경향이 있는데 그건 순전히 팥죽의 색깔 때문이다. 이러지도 저러지도 못하는 못난 마음을 한 솥 가득 넣고 끓이면 꼭 그런 색과 모양이 될 것 같아서다. 휘저을수록 검어지고 퍽퍽해지는 것까지 영 손쓸 도리 없는 풍경이다.

불쑥 이런 질문이 생겨난다. 너무 안 우는 것과 너무 우는 것 중 무엇이 더 문제일까. 결핍과 과잉. 메마름과 흘러넘침. 마이너스와 플러스. 어느 방향으로든 극에 다다른 상태는 벼랑 위에서 외발자전거를 타는 일처럼 위태롭다. 그렇다면 나는 어느 쪽일까. 고르자면, 너무 우는 쪽이 맞다. 스무 살 무렵에는 하루가 멀다 하고 울었으니까. 바닥에 나뭇잎 굴러가는 장면만 봐도 슬프다, 어쩜 저렇게 슬플까 눈물이 줄줄 흘렀으니까. 그런데 갈수록 사는 일이 강퍅해진 탓일까. 시간에 무뎌진 탓일까. 잘 울지 않게 됐다. 그래서 단단해진 줄 알았다. 그래, 어른이 눈물을 참을 줄도 알아야지. 속울음이라는 말도 있듯이 겉으로 보이는 눈물만 눈물인 게 아니니까. 대단한 착각이었다. 나는 그저 잊고 있었던 것이다. 눈물은 영원히 마르지 않음으로써 제 존재를 증명한다는 사실을!

빈도가 줄어들었을 뿐 나는 여전히 너무 우는 사람이 맞다(이 대목에서 새 노트를 꺼내 작정하고 '눈물 일기'를 써볼까 생각한 걸 보면 직업병이 심각한 것 같다). 이제는 모든 것에 슬퍼하기보단 한 가지에 깊이 슬퍼한다는 차이가 있을 뿐. 가장 최근에 운 기억은 이렇다. 친정에 다니러 가 가족들과 저녁을 먹는데(친정이라는 말도 문득 슬프다) 누구였는지 불현듯 옛날이야기를 꺼냈다. 초등학교 6학년 무렵, 엄마에게 정말 큰 교통사고가 났었다. 평소보다 출근이 늦어진 엄마가 앞차를 추월하려고 차선을 바꾸었다가 마주 오는 트럭과 정면충돌한 것이다. 쿵, 하고 부딪히는 순간 생각했단다. '아, 우리 아이들이 이제 고아가 되는구나.' 정신을 잃었다 깨어보니 병원. 차는 폐차되었고 살아난 게 기적이라고 모두들 양손을 모았다.

여기까지는 나도 아는 사실이었다. 그런데 엄마

가 추월을 할 만큼 서둘러야 했던 이유에 대해서는 전혀 모르고 있었다. 어머 희연아 너 모르는구나. 그날 네가 너무너무 아팠어. 엄마가 죽 끓여놓고 해열제랑 두고 나가는데, 열이 펄펄 끓는 너를 혼자 두고 발길이 떨어지지 않아서, 엄마 얼른 갔다가 조퇴하고 올게 그 담에 병원 가자, 조금만 자고 있어 하고 나갔는데… 하필이면 앞차가 기어가는 바람에, 9시 출근 시간이 간당간당해서, 맞은편에서 오는 차가 지금껏 한 대도 없었으니까, 설마 하는 마음으로 차선을 바꾸었다가… 아는 이야기는 언제든 모르는 이야기가 된다. 한 번도 알았던 적 없는 이야기가.

그날, 집으로 돌아가는 택시 안에서 남편은 피곤했는지 꾸벅꾸벅 졸고 나는 마스크를 쓴 채 50분을 내리 울었다. 간선도로를 달리다 몇 개의 터널을 통과하고 한강대교를 건너는 동안 저 불빛들, 저 자동차 헤드라이트 불빛들이 전부 다 책망의 눈이 되어 나를 혼내는구나 싶었다. 슬픔도 활기를 띠고 나를 봤다. 이쪽의 나는 속수무책으로 휘저어졌다. 그렇게 적갈색 얼굴로 집에 왔다. 그때 내겐 삼촌 차를 타고 병원에 갔던 기억밖엔 없는데. 환자복을 입은 엄마를 간병인용 간이침대로 밀어내고 병실 침대를 떡하니 차지한 채 쿨쿨 잔 기억밖엔 없는데.

이 글은 그 시간을 통과해 온 엄마를 위해 쓴다. 영원히 끝나지 않는 하루가 있고 영원히 마르지 않는 눈물이 있을지라도 우리 삶의 구체성으로 말미암아 이 페이지는 허투루 넘길 수 없는 페이지가 될 거라고. 귀퉁이를 접어 두고두고 펼쳐보며 엄마의 아팠던 시간, 그림자의 그림자까지 끌어안겠다고.

사과의 갈변은 사과가 운 흔적일까? 유루증은 생각할수록 슬픈 병이다. 적갈색이 생각할수록 슬픈 색인 것처럼.

내력벽

대구에 다녀왔다. 대구의 한 서점에서 시집《여름 언덕에서 배운 것》(창비, 2020) 낭독회를 마련해주신 덕분이었다. 코로나 상황으로 한정된 인원만 초대가 가능했고 총 일곱 분의 독자와 둥글게 모여 앉았다. 공간의 아늑함과 원형의 배열도 한몫했지만 그날의 공기는 우리를 살짝 들어 다른 행성으로 옮겨다 놓은 것이 틀림없다. 그러지 않고서야 처음 만난 사이에 그렇게 솔직하고 다정할 수는 없었을 테니까. 그날은 참석한 모든 분의 육성을 들었다. 한 편씩 시를 골라 낭독한 뒤엔 왜 그 시를 선택했는지 공유하는 시간도 이어졌는데 모든 이유가 하나같이 귀했다. 그 중 시집 맨 마지막에 수록된 〈열과〉를 고른 분의 사연이 오래 남았다. 자신에게 찾아온 고통의 모양을 상세히 들려주신 뒤, 스스로를 자책하게 되는 순간마다 "더럽혀진 바닥을 사랑하는 것으로부터 / 여름은 다시 쓰일 수 있다 / 그래, 더 망가져도 좋다고"라는 문장에 마음을 많이 기댔노라 하셨다. 쉽지 않은, 무거운 이야기였다.

체통 없이 왈칵 눈물을 쏟을 뻔했다. 그분의 눈을 바라볼 용기가 나지 않아 괜히 소매 끝, 벽 언저리를 바라보며 말했다. 제 예상보다 시는 참 귀하게 쓰이네요. 어떤 고통도 자책하지 말고 믿음 쪽으로 한 걸음만 더 내디뎌보기로 해요. 담대한 척했지만 실은 겁이 났다. 내가 쓴 문장이 한 사람의 인생에 저토록 깊이 스밀 수 있다는 것이. 진짜를, 진짜를 써야겠다는 다짐을 했다. 진짜가 뭔지도 모르면서 말이다. 그날의 공기, 그날의 눈동자, 그날의 BGM은 오래도록 내 안에 남아 서울로 돌아온 뒤에도 시시때때로

여진을 일으켰다. 마들렌을 한입 베어 문 것처럼 오래된 기억을 현재로 되살려놓았던 것이다.

이런 장면들이다. 초등학교 6학년 무렵 시골에서 도시로 전학을 왔는데 도시의 정서가 익숙지 않아 일 년 내내 겉돌던 기억이 난다. 친구들은 세련된 옷을 입고 무리 지어 놀았으며 학교가 끝나면 곧장 학원에 갔다. 나는 학교가 끝나면 홀로 골목을 걸어 다니다 느지막이 버스를 타고 집으로 돌아오는 아이였다. 어쩌다 친해진 C와 M이라는 친구는 모두 아버지가 없었다. 정말이야? 사실은 나도 아빠가 없거든. 당시 C의 엄마가 운영하시던 피아노 학원에 모여 각자의 비밀을 누설하던 날, 우연이라기엔 너무나 가혹한 진실을 마주해야 했다. 아버지가 없어서 우리가 친구가 됐구나. 그런 기억이 내 관계의 내력을 이루게 될 줄 그땐 몰랐다.

이 또한 우연이겠지만 나와 가장 가까운 친구들은 모두 일찍 엄마를 여의었다. 중고등학교 시절 단짝이었던 친구 L의 엄마도 너무 일찍 작별을 고하셨다. 방과 후 교복을 입고 놀러 간 수유리 집에서 산더미 같은 잔치국수를 말아주시던 기억. 호박과 당근이 고명으로 올라간 잔치국수를 후루룩후루룩 먹는데 친구를 데려갈 수 없는 우리 집의 적막한 풍경이 스르륵 겹쳤더랬다. 늘 내가 들어가 불을 켜야만 하는 집. 혼자 벌어 아이들을 양육해야 하는 엄마의 시간을 헤아리지 못한 건 아니지만 부러운 건 사실이었다. 친구 L이 스물여섯의 이른 나이에 결혼하던 날, L 어머님의 귀가 너무 허전해 보여 길거리에서 산 싸구려 진주 귀고리를 빼 걸어드렸던 장면이나, 배 속에 둘째를 품고 앉았다 일어나기도 힘든 몸으로 엄마 빈소를 지키던 L의 얼굴을 떠올릴 때에도 비슷한 마음이 된다. 우리에게는 한쪽 부모를 일찍 여의었다는 공통분모가 있구나. 우리가 친구가 되고, 이토록 서로에게 스민 것은 부재의 기억을 관계의 핵심에 두고 있기 때문은 아닐는지.

대학 시절 가장 마음을 기댔던 친구 K도 내 얼굴을 보는 순간 참았던 눈물을 터뜨렸었다. K 어머니의 빈소에서였다. 나는 그 애의 울음을 참는 얼굴을 알고, 우리가 눈 마주친 순간 반으로 쪼개진 커다란 슬픔을 안다. S와 H는 이 분야에선 나보다 베테랑이다. 너는 언제부터 아빠가 없었어? 물으면, 그건 내 최초의 기억과도 관계가 있는데 말이야, 펑펑 눈이 내리는 날이었지, 대답하는 내 친구들. 아빠 없고 엄마 없는 내 친구들. 그런데 대구에서의 시간이 어쩌다 여기에 다다른 것일까. 이것 역시 내 슬픔의 내력이겠지만.

내력벽은 건물의 하중을 부담하는 구조체를 말한다. 인테리어 공사를 할 때에도 내력벽은 함부로 구조 변경을 하거나 허물 수 없다. 무슨 일이 있어도 철거할 수 없는 벽이라는 뜻이다. 한 사람, 한 사람이 집이라면 그 집을 짓기 위해 설계된 내력벽이 있을 것이다. 우리가 공평히 나누어 가진 부재의 기억 같은. 신의 입장에선 당연한 설계일지 몰라도 인간의 관점에선 피하고 싶은 불운이다. 그런데 또 달리 생각해보면 내력벽이라는 건 모든 걸 부숴도 부서지지 않는 최후의 보루, 영혼의 핵심인 셈이니 그 자체로 의미 있고 아름다운 것이겠다.

팔을 들어 슬픔을 받치고 선 모양. 나란한 두 개의 기둥. 그것이 내가 생각하는 친구의 정의다. 그러니 팔이 아프면 조금 꾀를 부려도 좋아. 오늘은 나의 친구들에게 그렇게 시작하는 편지를 써야겠다. 당분간은 내가 받치고 있을게. 손으로 안 되면 발로라도, 이가 없으면 잇몸으로라도. 그러니까 다녀와. 커피도 한 잔 마시고 숲길도 걷다 와, 기다릴게.

루어

한 텔레비전 프로그램에서 '루어(lure)' 낚시 장면이
방영되었다. 아담한 저수지에는 육안으로 보아도 물
고기가 넘쳐났다. 그 모습을 본 출연진도 자신감을
내비쳤다. 물 반, 고기 반인데? 뜰채로 그냥 떠도 되
겠는데? 그러곤 가짜 미끼를 달아 낚싯대를 던졌다.
결과는 예상 밖이었다. 한 시간 가까이 물고기를 하
나도 낚지 못한 것이다. 자신감을 내비치던 출연진
은 점점 고개를 갸웃거리기 시작했다.

상황은 이러했다. 루어 낚시는 살아 있는 진짜 미
끼가 아니라 인조 미끼를 달아 물고기를 낚는 방식

을 이른다. 제아무리 물 반, 고기 반이어도 인간의 관점에서나 쉬워 보일 뿐, 저수지에 갇힌 물고기들도 그들 나름으로 생태계의 이치를 파악하고 위기에 대처하는 능력을 길러왔던 것이다. 가짜 미끼라는 것을 알게 된 이상 낚싯대는 예상 가능한 위험에 지나지 않는다. 그럼에도 불구하고 꼭 걸려드는 몇 마리는 있기 마련이지만.

그날의 장면은 내게 한 편의 우화로 다가왔다. 낚싯대를 드리운 인간의 자리에 신을, 물고기의 자리에 인간을 놓아본다면? 물속에 있는 동안이 삶이고, 미끼를 물어 물 밖으로 끌려 나오는 순간 죽음을 맞는 것이라면? 그보다 먼저 신이 낚시를 하는 이유는 무엇일까? 신에게도 휴일이 있어 무료함을 달래고자 저수지를 찾은 것일까? 저수지-인간계의 개체수 조절을 위해 주기적으로 아르바이트 신들을 파견해 우매한 인간을 솎아내거라 명령을 내린 것일까?

인간도 인간 나름대로 저것이 진짜 미끼인지 인

조 미끼인지 변별하는 능력을 연마해온 역사가 있고 적어도 한 시간쯤은 신의 낚싯대를 피할 수 있다. 그러나 정신의 검은 구멍, 거대한 허기 앞에서는 그것이 가짜임을 알면서도 덥석 미끼를 물어버리고 싶어지는 순간이 왜 없겠는가. 몰라서가 아니라 알면서도, 알기 때문에 엎질러지는 마음을 생각한다. 내가 시를 통해 들여다봐야 하는 마음은 사실 그런 마음일 테다.

사실은 요 며칠이 그랬다. 내 자신이 의인화된 무기력 그 자체인 것처럼 느껴졌다. 어제는 가슴이 답답해 무작정 동네를 배회하다 처음 보는 골목으로 접어들었다. 골목 끝에 '미친 양복점'이라는 간판이 보였다. 살다 살다 미친 양복점은 처음 보네. 게다가 그 옆집은 '쌔한 세탁'이 아닌가. 동네 전체가 살풀이를 하나 보다, 혼잣말을 하며 골목 끝까지 걸어가니 그럼 그렇지, 미진 양복점 옆엔 새한 세탁이 자리해 있었다. 그렇게 가늠했다. 내가 지금 탁하구나. 어리석구나. 보고 싶은 것만 보는 것도 문제지만 보이는 것만 보는 것도 문제구나. 보여줬는데 못 보는 건 더 심각한 문제구나. 눈앞에서 진짜 같은 가짜 미끼가 현란하게 움직이고 있었다.

루어 낚시는 낚시꾼들 사이에서도 그 묘미가 일품이라고 한다. 진짜로 속여 낚는 맛도 상당할진대 하물며 가짜에도 속아 넘어간다니 얼마나 우스꽝스럽고 즐겁겠는가. 양동이, 고인 물, 맴돌며 차오르는 죽음의 시간…. 그것이 우리의 마지막이라는 생각을 하면 슬픔이 밀려든다. 누구나 언젠가 한 번은 겪을 일이고, 아무도 울지 않는 밤은 없겠지만.

그래도 그때까진 잘 깨어 있고 싶다. 정교한 미끼에는 유연함과 재치로 맞서면서. 늦기 전에 수영을 배워야 하나. 그래야 비좁은 저수지를 벗어나 바다로 갈 수 있지 않을까. 이왕 헤엄치는 거 지중해의 타는 듯한 태양 아래, 가끔은 고래 배 위에 올라타 낮잠을 즐기고 수초 사이에 숨어 숨 고르는 시간도 있었으면. 아차차, 바다낚시가 있었지. 밤낮으로 원양어선을 몰고 와 그물로 쓸어 담겠지. 신의 손이 닿지

않는 곳은 어디에도 없다. 아무리 긍정적으로 생각
하려 해도 이러나저러나 절망이고 비극이다, 인간의
삶은.

흑건

쇼팽의 에튀드(연습곡) 중 '흑건'이라는 별칭을 가진 곡이 있다. 오른손이 딱 한 음을 제외하고 전부 검은 건반만 연주하도록 되어 있다는 곡. 피아노는 총 88개의 건반으로 이루어져 있고 그중 검은 건반의 수는 36개, 흰 건반의 수는 52개에 해당된다. 수량 면에서도 흰 건반의 수가 압도적으로 많은데 쇼팽은 어쩌다 검은 건반으로만 이루어진 곡을 쓰게 된 것일까?

체르니 30번도 제대로 끝마치지 못한 나로서는 흑건이라는 곡의 의미라든가 가치를 학술적으로 설명할 재간은 없다. 하지만 상상해볼 수는 있지 않을까. 쇼팽의 마음이라는 거. 쇼팽에게 피아노는 어떤 존재였을까. 시인에게 흰 종이가 백지이자 발이 푹푹 빠지는 설원, 다른 세계로 향하는 초대장이듯이, 쇼팽에게도 피아노는 여러 의미였을 것 같다. 그는 흰 건반과 검은 건반으로 이루어진 세계를 바라보며 어떤 생각을 했을까. 이 세계는 양면을 지니고 있구나. 흰 쪽은 밝고 따뜻하고 안정적이지만 검은 쪽은 어둡고 춥고 위태롭구나. 달의 앞뒷면과도 비슷한 점이 있군. 그런데 왜 인간은 달의 앞면만을 바라보도록 설계되었을까. 어디 한번 내가 신이 되어보아야겠다. 그렇게 피아노 건반에 손을 얹었던 것인데⋯. 딱 한 번, 딱 한 음 흰 건반을 누른 후엔 검은 건반 위에서 손을 떼지 못하는 스스로에게 화들짝 놀라고 만 것이다!

　그날 신의 일기에는 이런 문장이 적히지 않았을까. 나는 세상의 빛과 어둠을 골고루 연주하고 싶은데 손이 말을 듣지 않는다. 매일같이 살육이 벌어지고 폭력이 난무하고 빙하가 녹아내리는구나. 그런데 이 손은 말을 듣기는커녕 말을 타고 초원을 달리듯 왜 이다지도 신이 났는가!(실제로 쇼팽의 흑건은 셋잇단음 표로 이루어진 빠르고 경쾌한 곡이다.)

이게 뭔 엉뚱한 소립니까! 금방이라도 쇼팽이 문을 열고 들어와 소리칠 것 같다. 그렇다. 쇼팽이 신이었을 리는 없다. 그런데 내 머릿속에선 자꾸 엉뚱한 상상이 펼쳐진다. 딱 한 음만 흰 건반을 누른다는 사실은 더 기묘하게 다가온다. 맛은 한 번 보라는 건가. 흰 건반을 눌렀을 때의 소리, 지금 네가 있는 세계에선 상상조차 할 수 없는 음, 딱 한 번만 들려주겠노라. 황홀하지? 빛나지? 아름답지? 그런데 어쩌나, 더는 없을 텐데. 모르면 몰라도 알게 된 이상 그 한 번은 네 평생을 끌고 가는 그리움이 되겠지. 그 음색 다시 듣고 싶어 내내 뒤척이겠지, 찾으려 하겠지, 형벌처럼.

삶이 형벌 같다는 마음. 그런 마음은 어디서 오는 것일까. 세상이 내게 감추고 있는 게 너무 많다는 생각이 든다. 갈수록 흐릿해진다. 보이는 것만 보고 믿고 싶은 것만 믿고 살도록 프로그래밍 된 게 인간이라는 생각도 든다. 누구에게나 인생에 딱 한 번, 가장 찬란한 순간이 찾아오지만 그 순간은 순식간에 지나가 깨닫기도 전에 끝나 있다(지금인가? 설마). 신의 흑건 연주 같은 삶에서 신비라든지 비밀, 영혼, 구원 같은 말들은 아무도 거들떠보지 않는 녹슨 장난감이 된 지 오래다. 그런데 달의 뒷면이라고 해서 뭐가 다를까. 바람과는 달리 더 격렬한 어둠으로 들끓는 곳일지도 모르는데.

흑건은 영화 〈말할 수 없는 비밀〉에 등장해 유명세를 얻은 곡이다. 예술 학교로 전학 온 주걸륜이 학교 선배와 피아노 배틀을 펼치는 장면에서 연주했던 곡. 그런데 그는 원래 악보대로 연주하지 않는다. 한 키를 올려 편곡된 버전으로 연주한다. 쇼팽의 곡을 흑건이 아니라 백건으로 만든 것이다. 여기서 시인은 또 뚱딴지같은 상상을 시작한다. 세상을 재편하고 싶어 하는 새로운 신이 나타났다! 흑건의 신에 맞선 백건의 신이 강림한 것이다! 가디언즈 오브 갤럭시, 리벤지 매치!

백건의 세계에서 살아가는 이들도 결국엔 달의 앞면만 보며 살아갈 것이다. 저쪽에선 뒷면이라고 믿는 쪽이 이쪽에서 보면 앞면일 테니까. 그런데 이런 생각들이 다 무슨 소용일까. 신들이 세기의 대결을 펼치든 말든, 밥시간은 어김없이 째깍째깍 돌아오고 당장 오늘 저녁 메뉴를 고민하기에도 벅찬 것이 인생이거늘. 대파 한 단에 7천 원이라니 말세도 이런 말세가 없네 중얼거리며 시장에 다녀오는 길, 괜히 한번 달을 올려다본다. 거긴 너 같은 건 영원히 다다를 수 없는 세계야, 짜샤. 검은 봉지 위로 비쭉 튀어나온 파가 은밀히 나를 비웃는 것 같다. 아무렴, 없고말고. 그런데 그게 바로 인간의 특권 아니겠니? 신은 결코 누릴 수 없는.

오고오고

수전 손택과 조너선 콧의 대담(《수전 손택의 말》, 마음산책, 2020)을 읽던 중에 인상적인 구절을 마주쳤다. "내 악마들을 빼앗아가지 말라, 천사들도 함께 떠날 테니까." 릴케의 시구라 했다. 릴케의 시에 이런 구절이 있었던가? 그 즉시 밑줄을 긋고 책을 덮었다. 더 이상 독서가 불가능할 만큼 풍부한 고민이 시작되었기 때문이다. 악마를 단순한 악으로 치부하지 않으려는, 쉽게 배척하지 않으려는 태도도 놀라웠고 악마와 천사를 한 몸 안에 깃든 두 모습으로 해석하는 것도 좋았다. 지금껏 나는 악마라는 단어로부터 무엇을 상상해왔던 것일까. 그게 뭐든, 매우 전형적인 상상이었음을 부인할 수 없다.

〈아마도 악마가〉라는 영화 제목을 마주했을 때도 그랬다. '아마도'라는 부사에는 어딘가 묘한 데가 있어서(미루어 짐작하는 자의 불안과 위태로움이 느껴져서), 도대체 악마가 무슨 일을 저지른다는 것인지 궁금증이 쉬이 사라지지 않았다. 그래서 좋은 제목이라고 생각했다. 각자가 상상하는 악마가 어떤 모습이냐에 따라 자신에게 닥쳐올 악마의 다음 액션이 달라질 테니까. 우리는 저마다 '아마도 악마가'에 이어질 문장을 상상하며 악마의 얼굴을, 악마의 의미를 발견해나갈 것이다. 언어가 현실이 되고 문학이 체험되는 순간이다.

궁금하다. 당신에게 악마는 어떤 모습으로 존재하며 그래서 당신이 완성한 문장은 무엇일지. 만약 당신이 종교인이라면 기독교의 사탄이나 불교의 마왕처럼 특정한 악마의 형상을 떠올릴지도 모르겠다. 더불어 신은 신으로 존재하기 위해 반드시 악마를

필요로 하며, 우리가 믿는 신에 가까워지기 위해서
는 악마의 시험을 통과해야 한다고 여길 것이다. 그
러나 수많은 회화 작품이나 매스컴에서 묘사해온 것
처럼 악마가 한 모습으로만 존재하는 건 아니지 않
을까. 악마는 우리 안에 수천수만의 모양으로 있고,
언제 어떤 먹이를 주느냐에 따라 집채만큼 커질 수
도 수수깡처럼 힘없이 부러질 수도 있다.

　힌두교의 경우는 어떨까. 발리 여행을 가고 싶어 정
보를 찾던 중 '오고오고 박물관(Ogoh Ogoh Bali Museum)'
을 알게 되었다. 오고오고는 힌두교의 악령 부타깔
라(Bhuta kala)를 큰 조각상으로 만든 것이다. 힌두교
에는 네피(Nyepi)라는 공휴일이 있는데 힌두교 달력
으로 1월 1일, 신년에 해당되는 날이다. 석가탄신일
이나 성탄절에 준하는 큰 축일인 만큼 이날만큼은 관
공서, 가게, 공항도 모두 문을 닫고 이날을 위해 1년
여를 정성껏 준비한다고 한다. 네피 의식 중 하나로
오고오고를 불에 태우는 시간도 있단다. 악한 것을
불태워 액운을 쫓고 새 마음을 얻고자 함이겠다. 그

러기 위해 매년 새로운 오고오고를 제작해야 하는데, 그건 곧 매년 새로운 악마의 얼굴을 상상해야 한다는 뜻이기도 하다. 그렇게 모인 오고오고들이 얼마나 많고 다채로웠으면 박물관이 세워졌을까. 오고오고의 전통은 앞 세대에서 다음 세대로 이어지며 그 자체로 하나의 역사가 되고 있다.

오고오고 박물관 방문은 발리 여행의 가장 큰 목표다. 언제일지 기약할 수는 없지만 근사한 리조트 숙박이나 요가 수업보다 더 기다려진다. 사진으로 본 오고오고들은 무섭기는커녕 하나같이 귀여운 모습을 하고 있었다. 눈썹이 산처럼 치솟고 송곳니가 뾰족해도, 거구의 몸으로 흘겨봐도 악해 보이지 않았다. 내게 가까이 있는 악마는 그런 모습이 아니기 때문일까. 인간을 살리는 것도 인간이지만 인간을 죽이는 것도 인간이라는 생각을 할 때, 죽음을 쓰레받기에 담아 내버리는 듯한 사람들의 언행을 볼 때, 나의 모자람을 합리화하는 모든 순간순간마다 거울 속에 있는 내 얼굴이야말로 진짜 오고오고 같다.

오고오고 박물관에는 공휴일이 없다고 한다. 연중무휴, 국적불문, 남녀노소 언제든 악마의 얼굴을 볼 수 있다는 뜻으로 읽힌다. 그런 생각을 하면 '아마도 악마가'로 시작되는 글을 수백 가지 버전으로 써 내려갈 수 있을 것 같다. 문학은 글로 쓴 오고오고이고, 도서관은 글로 쓴 오고오고 박물관과 다를 바 없다는 생각도 든다. 어제의 악마는 수치의 얼굴로 왔고 내일의 악마는 공포의 얼굴로 찾아올지 모르지만 모쪼록 오늘은 이런 전개다. 아마도 악마는 내 맞은편에서 밥을 먹고 있다. 악마 주제에 반찬투정을 하면서. 너를 잃으면 천사들도 함께 사라질 테니 마음 곱게 먹고 생선 가시를 발라 수저 위에 놓아준다. "잘 살자. 너도 잘 살고, 나도 잘 살아야지." 그러자 녀석은 뻔뻔하게 내 앞으로 빈 밥공기를 내민다. 허기로 가득한 눈. 나는 저 눈을 오래도록 알아왔다.

가시손

요즘 남편은 텀블러를 지참해 출근한다. 지구의 미래를 위해 플라스틱 쓰레기를 줄여보겠노라는 결심이다. 그러다 보니 종종 남편의 텀블러를 세척할 일이 생기는데 이상하게 내가 만지기만 하면 뚜껑 쪽 부품 하나가 빠지는 거였다. 이거 또 이러네, 고개를 갸웃하니 남편이 그런다. 또? 하여간에 가시손이라니까.

　가시손이라니, 그런 말은 처음 들었다. 사전을 찾아보니 '다른 사람의 몸을 만지거나 때리는 느낌이 찌르는 듯한 손을 비유적으로 이르는 말'이라는 설명이 나온다. 북한말이라는데 그런 말은 어디서 배웠는지 모르겠다. 아무려나 만지기만 하면 뭐든 잘 고장 내는 사람, 그게 바로 나다. 어려서부터 유명했다. 연년생인 언니의 물건은 십 년을 써도 새것 같은 데 반해 내 것은 아니었다. 손끝만 스쳐도 표가 났다. 그래서 완전범죄가 불가능했다. 언니 옷이나 신발을 몰래 착용하고 외출한 날엔 전쟁도 그런 전쟁이 없었다고 한다. 야, 안희연, 너 이리 안 와? (이하 생략)

억울함이 없는 건 아니다. 나라고 일부러 망가뜨리고 싶었겠는가. 훔쳐 입은 옷임을 매 순간 자각하며 극도로 조신하고자 애썼음에도 하필 그때 가슴팍에 빨간 양념이 튀고 언니의 흰 운동화가 사람들 발에 밟히는 걸 나더러 어쩌란 말인가!

이왕 억울한 김에(?) 가시손의 동지들을 떠올려보기로 한다. 가장 먼저 영화 〈겨울왕국〉의 엘사가 떠오른다. 엘사는 만지는 것마다 꽁꽁 얼어붙게 만드는 무서운 손을 가졌다. 자신의 처지를 비관하며 스스로 장갑 끼고 얼음성에 갇혔지만 동생 안나의 활

약으로 봄의 왕국으로 되돌아올 수 있었다. 영화는 해피엔딩으로 끝이 났다. 하지만 만만치 않은 가시손의 주인인 나는 엘사에 극도로 감정이입을 한 나머지 극장 불이 켜진 뒤에도 얼음성 밖으로 빠져나오지 못했다. 엘사의 전 생애를 놓고 봤을 때 얼음성에 홀로 유폐되었던 시간은 겨우 한 조각의 과거겠지만, 그 한 조각이 집채만큼 커져 엘사의 남은 인생을 뒤흔드는 순간이 정말 없을까. 기억이란, 시간이란, 돌고 돌아 제자리로 돌아오는 것. 홀로였던 순간의 추위는 영원에 가까운 상흔이다. 가시처럼 박힌 기억은 수시로 따끔거리며 제 존재를 증명하려 들 것이다.

영화 〈가위손〉의 주인공 에드워드는 어떤가. '사랑을 만질 수 없는 남자'라는 포스터 속 카피에서부터 이미 눈물이 차오르기 시작, 화면에 뾰족한 가위손을 가진 그가 등장했을 땐 눈물을 쏟고야 말았다. 손이 너무 차가워 보였기 때문이다. 저 마음 내 알지. 손이 가위인 슬픔 내가 알지. 사랑하는 사람을 코앞에 두고도 얼굴 한번 쓰다듬지 못하는 그가 너무 고독해보였다. 그래도 영화는 한 사람의 불행과 고립에만 초점을 맞추지 않고 재치 있게 그것을 돌파해나간다. 그가 가위손의 장기를 살려 정원의 나무들을 사슴으로 공룡으로 만들었을 땐 얼마나 환호했던지! 그 장면은 너무 아름다워 보는 이를 미소 짓게 한다. 가위손의 주인 에드워드는 훌륭한 정원사가 되어 불행에도 쓸모가 있음을 멋지게 증명해 보인 셈이다.

제가 이래요. 저한테 오면 전부 망가져버려요. 얼마 전 한 드라마 남자 주인공도 연인에게 그렇게 이별을 고했더랬다. 그가 할 수 있는 최선의 선택은 가시손으로서의 정체를 고백하며 하루빨리 그녀를 보내주는 일이었다. 깨지기 직전의 어항 같고 무를 대로 무른 과일 같은 얼굴로 그는 울었다. 그라고 왜 사랑받고 싶지 않았겠는가. 자신의 삶은 물론 타인의 삶을 망가뜨리지 않으면서 살아가기란 너무 힘든 일이다. 한 번이라도 더 살피고 조심하는 수밖에는.

내게 가시손은 단순한 관용구가 아닌, 존재론적 슬픔을 함의한 광막한 단어다. 문득 가시손의 반대말이 궁금해진다. 아마도 쓸어 담고 쓰다듬고 치료하는 손이겠지? 다행히 세상엔 가슴팍에 청진기를 대고 숨소리를 듣거나 진맥을 짚어 영혼의 상태를 살피는 손도 존재한다. 내가 무수한 나들의 총합이듯이 나의 손안에도 무수한 손들이 자리해 있을 것이다. 그러니 가시손의 운명을 타고났다고 해서 한평생 파괴지왕으로만 살아야 하는 건 아닐 터. 연습하는 손은 게으른 손을 이길 것이고 호기심 가득한 손은 나태한 손을 앞설 것이다. 그래서 묻는다. 오늘 당신은 어떤 손을 가졌습니까. 그 손안엔 무엇이 있습니까. 따뜻합니까.

빈야드

어제 내가 포항 앞바다에 있었다는 게 전생 같네. 믿기지가 않아. 짧은 여행에서 돌아와 나도 모르게 뱉은 말이다. 요즘 전생 같다는 말을 하루에도 열두 번은 하는 것 같다. 하루 전은 물론 한 시간 전의 나도 잘 생각이 안 나니 말이다. "오늘 점심은 뭐 먹었어?" 물어 오면 대답하기까지 한참 뜸을 들이게 되고, 격세지감 같은 단어도 얼굴색 하나 안 변하고 말한다. 늙는… 건가? 스물너덧 살 무렵 한참 시에 미쳐 있었을 때, 몇 날 며칠을 백지 앞에서 씨름하고 나면 얼굴이 흙빛으로 변해 있을 때가 많았다. 당시 일주일에

한 번씩 시 수업을 듣고 있었는데 강의실에 들어서면 선생님께서 꼭 그러셨다. "희연아, 너 요즘 늙니?" 그땐 네, 아니오 같은 단답형 답변은 내 사전에 없었다. 선다형 문제에도 무조건 주관식으로 답했다. "선생님 전 지금 회복기의 환자예요." 선생님도 지지 않으셨다. "지금? 넌 늘 그래왔잖니."

아무튼 요즘 나는 최선을 다해 늙는 중인 것 같다. 지나간 시간에 대한 생각을 자주 한다는 게 그 증거다. 어제는 별안간 대학원에 재학 중이던 시절이 떠올랐다. 잠깐이었지만 기숙사 사감으로 일을 한 적이 있었다. 일주일에 한 번씩 저녁 점호를 하며 학생 및 청소 상태를 체크하고 순찰을 도는 등의 업무였다. 하루는 자정이 다 된 시간에 화재경보기가 울렸다. 여자 기숙사 비상구 계단 쪽이었다. 다급히 찾아간 현장엔 여학생이 둘 있었다. 담뱃불인가 싶었는데 그건 아니었고 두 학생이 황급히 쓰레받기에 뭔가를 쓸어 담는 중이었다. 사연인즉, 그날 오후 남자친구와 헤어진 학생이 홧김에 남자친구와 찍은 사진

을 태운 것이다. 짠한 마음이 없었던 건 아니지만 큰
불로 번질 위험이 있었던 만큼 순간적으로 화를 냈
다. 큰일 날 뻔했잖니. 상식적으로 행동을 해야지. 학
생을 세워두고 벌점 운운하며 다그쳤다. 지금 와서
생각해보니 뭘 그리 매정하게 굴었나 싶다. 따뜻한
차라도 한 잔 내어주며 마음이 많이 아팠겠구나, 그
렇지만 더 좋은 사람이 올 거야, 좋게 타이를 수도 있
었을 텐데. 하기야 그때는 어떤 말도 위로가 안 되었
을 것이다. 그날 그 학생의 얼굴은 '방패' 같았으니
까. 벌점 따위 하나도 두렵지 않다! 할 수만 있다면
기숙사 건물은 물론 세상 전체를 불태우고픈 심정이
다! 속으론 그렇게 외치고 있었을지도. 이제나저제
나 울지 않는 사람은 무섭다. 울지 않기 위해 얼마나
큰 힘으로 제 속의 짐승을 억누르고 있을지 알기에.

　그 학생, 잘 지내려나 모르겠다. 10년도 더 된 이
야기이니 그 사이 대학을 졸업해 취직을 하고 한 가
정을 일구며 살고 있을 수도 있겠다. 과거의 자신이
기숙사 비상구 계단에서 사진을 태워 화재경보기를

울린 적 있다는 사실을 기억할까. 이따금 피식거리며 꺼내보는 장면일까, 돌이키기도 싫은 악몽일까. 만일 그때 남자친구와 재회를 했다면 그 서사의 장르는 로맨스일까 스릴러일까.

시간이 우리를 아주 먼 곳으로 데려다 놓았다는 생각이 들 때가 있다. 나 자신이 그럴듯하게 라벨링 돼 진열대에 올려진 와인 같다는 생각이. 오래되고 희귀할수록 가치를 인정받는다는 점은 그나마 다행이지만 제아무리 고급 케이스에 담겨 기쁜 날 선한 선물로 건네진다 하더라도 한 그루 포도나무였던 시절, 포도밭에서의 시간을 떠올리면 눈시울이 붉어지기 마련이다. 짓밟고 망가뜨릴 심산으로 포도나무를 기르는 사람은 없다. 우리는 모두 정성과 사랑으로, 기도로 길러진 존재들이다. 포도밭의 태양, 포도밭의 평화를 떠올리면 삶에 찢기고 벌려진 상처가 소독되는 기분이다. 슬픈 말이지만, 우리는 모두 그 시간으로부터 와 여기에 있다.

'빈야드(vineyard)'는 와인 용어로 포도밭, 포도원을 뜻한다. 한 존재의 기원이자 시작점, 최초의 우물일 그곳. 다시 돌아갈 방법은 전무하지만 이따금 그곳을 떠올리면 영혼이 지친 몸을 누이는 것 같다. 언젠가 시에도 적은 것처럼 "눈을 감으면 오는 기차"(〈소인국에서의 여름〉,《너의 슬픔이 끼어들 때》, 창비, 2015)를 타고 나는 자주 그곳으로 간다. 달빛 환한 밤, 수만 평의 포도나무 사이를 천천히 거니는 상상만으로도 어깨가 가벼워지고 발이 살짝 떠오른다. 눈을 뜨면 형체 없이 사라지겠지만 아쉬움만 남는 것은 아니다. 그곳에 다녀오면 '아름답게 늙어가고 싶다, 절대로 추하게 늙어가고 싶지 않다' 굳은 결심을 하게 되니까.

그곳은 누구에게나 있다. 누구에게나 반드시 있다. 당신의 삶이 완전히 망가져버렸다고 생각될 때에도 당신과 보이지 않는 실로 묶여 끝끝내 반짝이는 세계, 당신의 빈야드가.

구득

"제가 이번에 구득 가겠습니다." 드라마 〈슬기로운
의사생활〉을 보던 중 흉부외과 레지던트 도재학 선
생의 말에 붙들렸다. 구득. 처음 듣는 단어였다. 구
득은 말 그대로 구하여 얻는다는 뜻으로 도재학 선
생의 그 말은, 곧 있을 장기이식 수술을 위해 뇌사자
로부터 장기를 받아 오는 역할을 자신이 도맡겠다는
의미였다. 그가 구득해 올 장기는 다름 아닌 심장. 수
술은 성공적이었다. 공여자의 심장은 저쪽에서 이쪽
으로 무사히 옮겨졌고 드라마는 그다음 에피소드를
향해 빠르게 나아갔다. 참 따뜻한 드라마야. 근래 보

기 드문 휴머니즘이지. 텔레비전을 끄고 잠에 들었다. 그렇게 끝인 줄 알았다.

다음 날 아침, 눈 뜨자마자 자동 반사처럼 머릿속에 구득이라는 단어가 켜졌다. 전구가 켜지듯이 말이다. 그리고 나는 무엇을 구득하는 사람인가,라는 질문이 이어졌는데 갑자기 먹구름이 밀려와 금방이라도 비를 뿌릴 듯했다. 내가 상대에게 구하는 것은 주로 내가 가지지 못한 것일 때가 많았다는 뼈아픈 자각. 그래서 삐걱거린 관계들이 떠올랐다. 이제는 멀어진 사람들의 얼굴도.

가족들에게도 나는 항상 무언가를 구해왔다. 영어를 잘 못하는 나는 남편이 원어민처럼 영어를 잘했으면 싶었다. 그러면 외국 여행을 가더라도 뒷짐 지고 뒤만 졸졸 쫓아다니면 되니까. 결혼 후 신혼집에 처음 이사했을 때도 척척박사처럼 모든 걸 다 능숙하게 해주기를 바랐다. 은행 대출과 부동산 계약에 관계된 내용을 빠삭하게 알고 처리하는 일, 거실과 안방 창에 블라인드를 달거나 가구를 조립하는 일, 하다못해 칫솔과 치약을 제자리에 가져다 놓는 일까지도 세심하고 완벽하게 신경 써주기를. 그러나 그건 하나도 당연한 일이 아니었다. 다른 집 남편들은 잘만 하던데, 입을 비쭉거릴 일도 아니었다. 나도 못하고 나에게도 없는 것을 상대에게 구하려는 발상 자체가 잘못된 거였다. 물론 그 우여곡절을 통과해 왔기 때문에 이런 말도 할 수 있는 것이겠지만.

그래서 지금은? 외국만 나가면 잔다르크가 되는 나는 안 되는 영어를 잘만 하며 남편을 이끈다(주로 Can I 구문으로). 남편은 그런 나를 안희연 여행사라 부른다. 고객 만족도가 높고 요구 사항이 잘 반영된다면서 영구적으로 이용할 거란다(요즘은 천연덕스럽게 별점까지 매기고 내비게이션 고장이 잦다며 불평을 늘어놓기도 한다!). 은근히 덜렁대고 성격이 급한 나와 달리 남편은 (내 기준) 속이 터질 만큼 느리지만 한번 마음먹은 일은 어떻게든 해내는 우직한 사람이다. 각자의 강점이 다르다는 뜻이다. 우리는 여전히 서로에게 구한다. 그러나 예전처럼 서로에게 없는 것을 억지로 구하는 대신, 각자에게 있는 걸 더 잘 발휘하게 하는 방향으로 우리의 관계를 움직여가기 위해 노력한다. 어쩌다 우리 남편 자랑이 된 것 같아 쑥스럽군요.

그래도 이따금씩 생떼를 쓰고 싶어지는 순간이 찾아온다. 네 다리 내놔! 사랑한다면 심장 정도는 빼줄 수 있어야지! 자꾸만 증명을 요구하게 된다. 감정이 격해지면 상대를 탓하고 싶어지고, 손쉽게 책임을 전가하게 되는 것 같다. 그러나 그건 제대로 된 문제풀이가 아니다. 드라마에서도 그랬다. 구득은 천운인 거라고. 언제나 아무에게나 가능한 일이 아니라고. 바드(환자의 심폐 기능이 정상적이지 않은 경우 사용하는 심실 보조 장치)를 달고 있는 두 아이 중, 병원에 더 늦게 들어온 쪽이 심장 이식을 먼저 받게 되었다. 장기이식은 혈액형, 증여자의 장기 상태, 환자 컨디션 등 수많은 조건을 헤아려 결정되는 것이기에 인간이 마음대로 순번을 정할 수 없다. 카메라는 심장 이식에 성공한 아이 엄마의 눈물도 담아내지만 병원에 더 일찍 들어온, 여전히 이식을 기다리는 엄마의 눈물도 담는다. 더 오랫동안, 더 멀리에서 담는다. 두 눈물은 같은 눈물이지만 완전히 다른 눈물이다. 구할 수 없는 것을 구하는 자의 눈물은 또 다른 의미로 그토록 깊다.

그것이 장기든 감정이든 믿음이든 인간은 타인으로부터 무언가를 구하며 살 수밖에 없는 존재다. 불완전하니까. 약하니까. 그렇다 할지라도 우리의 구득이 가슴을 칼로 그어 억지로 심장을 빼내려는 그악스러운 폭력은 아니었으면 좋겠다. 구한다고 다 구할 수 있는 것은 아니라는 사실, 세상 어떤 것도 당연한 것은 없다는 생각만으로도 제자리를 찾는 것들이 있다. 마음이 펄펄 끓을 땐 너는 왜 내게 심장을 꺼내 주지 않느냐고 따져 묻기 전에 이런 주문을 외워보는 건 어떨까. 일일시호일. 일일시생일. 날마다 좋은 날, 날마다 생일이라는 마음으로.

홈질

올봄, 겨울 점퍼를 맡기려 세탁소를 찾았을 때의 일
이다. 단추가 위태롭게 덜렁거리던 터라 단추를 고
쳐 다는 비용이 얼마나 드는지 문의했다. 덜렁거리
는 게 세 개나 있네요. 하나에 2천 원씩 6천 원요. 세
탁비랑은 당연히 별도고요. 눈 한번 마주치지 않는
사무적인 응대에도 마음이 살짝 상한 터였지만 가격
을 듣자마자 깜짝 놀랐다. 고작 단추 다는 데 6천 원
을 지불하라니. 집에 바늘과 실이 없는 것도 아니고.
세탁비가 8천 원인 것을 감안하면 결코 적지 않은
액수였다. 일단 집에 가 단추를 달아 다시 맡기기로

하고 외투를 도로 가지고 나왔다. 때는 봄날, 세계는 무릉도원처럼 꽃밭인데 더운 외투를 들고 다시 집으로 돌아가려니 한숨이 나왔다. 물먹은 대형 곰 인형을 끌어안은 것처럼.

단추 다는 법을 모른다거나 귀찮아서만은 아니었다. 바느질에는 영 재능이 없는 나보다는 전문가의 손이 당연히 나을 거라는 심산이었다. 아니나 다를까 막상 집에 와 보니 옷감 색과 일치하는 실이 없었다. 부랴부랴 '다 있는 상점'에 가서 간이 반짇고리를 사 왔다(두 번의 외출로 하루 치 기력이 소진된 것은 물론이다). 너무 오랜만에 바늘을 잡은 터라 바늘귀에 실을 꿰는 것부터 쉽지 않았다. 그 옛날(?) 기술 가정 시간에 배웠던 바느질 기법을 어렴풋이 떠올려 어찌어찌하긴 했는데, 결과적으론 엉성하기 짝이 없었다(매듭을 지을 줄 몰라서 사방으로 실을 왔다 갔다 하다 대충 고정된 듯해 잘라냈다). 에이, 자세히 안 보면 몰라. 이래도 떨어지면 그땐 2천 원 주고 맡기지 뭐. 이럴 땐 또 의외의 낙천성이 발휘된다. 알다가도 모를 나여.

사정이 이러하니 2천 원이라는 가격에 대해서도 다시 생각해보게 됐다. 인간의 노동력에 값을 매기는 행위 자체를 사유해보는 계기이기도 했다. 새삼 바느질 달인을 향한 무한한 존경심도 생겨났다. 고작 단추 세 개 달아놓고 소파에 대자로 널브러져서는 바느질 동영상을 검색해보기도 했다(할 거면 진즉 하지 왜 하필 지금?). 기초 중의 기초라고 할 수 있는 홈질에서부터 보다 상위 기술인 박음질, 시침질, 감침질, 공그르기에 이르기까지, 연습용 천에 흰 초크로 금을 그어 한 땀 한 땀 바느질하는 손을 보고 있노라니 이상하게 마음이 편했다. 스르륵 잠에 들 만큼.

  세월호에 탑승했다가 안타깝게 목숨을 잃은 아이 부모님들이 뜨개질을 시작하셨다고 했을 때 무릎을 탁 쳤다. 탁월한 솔루션이라는 생각이 들어서였다. 단순하기에 누구나 할 수 있고, 반복적이기에 머리가 개입될 틈 없는. 시간을 들인 만큼 정직한 결과물이 도출된다는 것 또한. 혹자는 고작 뜨개질이냐 할 수도 있지만 뜨개질이 아닌 그 무엇을 해서라도 흘

려보내야 하는 시간이 있는 것이다. 비단 뜨개질만
의 이야기가 아니다. 그 어떤 타인의 삶도 함부로 측
량하고 평가할 수 있는 잣대는 세상에 없다. 친구 K
가 코바늘로 직접 뜬 덧신을 보내 왔을 때에도 그것
을 단순한 양말이라 여긴 적 없다. 괜찮아. 나에겐 뜨
개질이 있으니까. 돌 위에 돌 하나를 얹는 심정으로
그 애가 했던 말을 내가 알고 있기 때문이다.

　바느질과 뜨개질이 어떻게 죽음에 맞서는가. 그
런 생각을 하면, 단추 한 알을 다는 일에도 겸허해진
다. 그 단추가 어쩌다 그렇게 느슨해진 단추인지 생
각해보기도 전에 너무나 자본주의적인 잣대로 2천
원이 옳다 그르다 운운했던 스스로가 부끄러워진다.
그저 시간에 마모되어 자연스럽게 떨어진 것일 수
도, 못처럼 튀어나온 장애물 — 예기치 못한 실수나
관계의 부딪침 때문에 솔기가 뜯긴 것일 수도 있겠
다. 원인이 어떻든 덜렁거리는 단추가 건네는 말은
같다. 훼손된 시간을 바라보렴. 작디작은 구멍 속으
로 빨려 들어가는 마음이 있을 거야. 모른 척하면 툭

끊어져버릴지도 몰라. 더 늦기 전에 손을 써야 해.

진짜 바느질에는 영 재능이 없을지라도 영혼의 수선공으로서는 아직 가능성이 남아 있다고 믿는다. 내 삶이니까. 내 영혼이니까. 고쳐 쓰든 뒤집어 쓰든 해봐야겠지. 뭐든 기본이 중요한 법이니 욕심부리지 말고 홈질부터 천천히 배우기로 한다. 홈질은 손바느질의 기초입니다. 박음질과 헷갈려하시는 분도 많지만 엄연히 다른 기법이에요. 지금부터 옷감 두 장을 포개어놓고 바늘땀을 위아래로 움직여볼 건데요, 일직선이 되도록 반듯하고 일정한 간격을 유지하시는 게 중요합니다. 이번엔 졸지 않고 화면 속 선생님의 말을 경청한다. 잘 살고 싶다. 나는 정말이지 잘 살고 싶다.

선망선

집에 있는 시간이 늘어나면서 영화를 다시 보기 시작했다. '다시'라고 적은 까닭은 최근 개봉작이 아니라 이미 보았던 영화를 거듭해서 보기 때문인데, 예전 같으면 상상도 할 수 없는 일이다. 세상은 넓고 좋은 영화는 끝없이 쌓여 있는데 한 번 본 영화를 또? 그럴 시간이 어디 있어? 예전의 나라면 분명 그렇게 말했을 테지. 그러나 이제는 결말을 아는 영화가 좋다. 결말은 정해져 있되 놓쳤던 대사나 장면을 새롭게 발견하게 되는 영화들.

최근 일주일 동안은 〈노팅 힐〉 〈시카고〉 〈스타 이

즈 본〉을 다시 봤다. 〈노팅 힐〉은 연이은 장마로 마음이 눅진해 선택한 영화였는데 줄리아 로버츠의 눈부신 미모를 보는 것만으로도 영혼이 산뜻해졌다. 이번 관람의 재발견 포인트는 엉뚱하게도 '바지 밖으로 비쭉 삐져나온 휴 그랜트의 분홍 남방'이었지만 말이다. 〈시카고〉를 보면서는 꾸벅꾸벅 졸았다. 개봉 당시 극장에서 보았을 때도 중간 부분은 기억에서 삭제되고 없는데, 그건 그때도 내가 이 영화를 보며 졸았기 때문이다. 인간은 참 안 변해. 지워져야 했을 부분은 기회가 주어져도 또다시 지워지는구나. 뜻하지 않은 깨달음을 얻은 하루였다고나 할까.

〈스타 이즈 본〉에 관해서라면 할 말이 더욱 많다 (스포일러가 포함되어 있으니 원치 않으시는 분은 책장을 넘기시기 바랍니다). 예전엔 이 영화가 어찌나 싫었는지 모른다. 모두가 입을 모아 칭찬해도 동의할 수 없는 지점이 많았다. 줄거리를 한 줄로 요약한다면 이런 문장이 될까. 무명 가수 앨리(레이디 가가)와 톱스타 잭슨(브래들리 쿠퍼)의 사랑 이야기. 낮엔 식당에서 일하고 밤엔 동네 클럽에서 노래하는 앨리는 놀라울 만큼 뛰어난 음악적 재능을 지녔다. 그간 '코가 크다'는 이유로 가수로 성공하긴 어렵겠다는 평을 받아왔던 앨리는 막 공연을 마친 잭슨과 클럽에서 우연히 마주치게 되고, 자신의 재능을 한눈에 알아봐주는 잭슨과 밤새도록 음악적 교감을 나눈다. 다음 날 잭슨은 앨리가 자신의 무대 위에서 노래할 수 있게 기회를 준다. 앨리의 뛰어난 재능은 청자를 매혹시키고 앨리를 점점 더 높은 곳으로 이끈다. 급기야 상황은 역전된다. 잭슨은 알코올에 의존하며 앨리의 발목을 붙드는 존재로 전락한다. 결국 잭슨은 스스로 목숨을 끊고, 앨리는 홀로 무대에 올라 그를 위한 마지막 노래를 부른다.

줄거리를 요약하다 보니 명확해진다. 나는 이 이야기를, 이미 자신의 음악적 세계를 구축한, 명망 있는 한 남자와의 사랑을 도움닫기해 스타로 발돋움하는 여성 뮤지션의 이야기쯤으로 생각해온 것 같다. 내가 불편했던 지점은 잭슨을 향한 앨리의 사랑이 자신을 이끌어준 '대가'로 제시되고 교환되었다는 점이었다. 나에겐 예술가의 탄생을 그린 서사가 불편하게 다가올 때가 있다. 예술가를 불우하거나 광기 어린 존재, 사랑에 갈급한 존재로 묘사하는 등의 서사에서. 왜 꼭 무언가를 관통해야만 예술가로 성장할 수 있다는 듯이 말하는 걸까. 드라마나 신화 없이도, 삶에 대한 건강한 충실성만으로도 우리는 얼마든 예술의 세계에 이를 수 있고 개성 있는 예술가로 살아갈 수 있는데(언제나 나는 예술가는 절대적으로 제정신이어야 한다고 믿는다).

그런데 이번에 영화를 다시 보면서는 조금 다르게 생각해 보게 됐다. 영화의 마지막 장면, 잭슨을 애도하며 부르는 앨리의 마지막 노래(I'll Never Love Again)가 무척이나 진실하게 다가왔기 때문이다. 교환, 거래, 대가의 지불 같은 피상적인 단어들로는 설명되지 않을 만큼 진실하게.

여전히 나는 이 스타 탄생의 서사를 그리는 감독의 시선이 불편하다. 하지만 시작이 어떠했든, 결과가 어떠하든, 그 시간을 관통해온 앨리의 마음에 불투명한 욕망보다 사랑이 차지하는 비율이 압도적으로 우세했음을 이제는 이해할 수 있다. 그는 누군가를 통해, 무언가를 딛고, 지금에 이른 것이 아니었다. 그저 어떤 시간 속에 자그마한 불씨가 있었고, 그 불씨가 불길로 번졌고, 맹렬하게 타오르던 불길은 순리에 따라 잦아들었으며, 밤은 새벽으로 흘러 남은 재 위엔 새벽이슬이 맺혔을 뿐.

어쩌면 앨리는 시간의 선망선(旋網船)에 붙들렸다 놓여난 것인지도 모르겠다. '선망'에는 여러 뜻이 있다. 흔히 누군가를 선망(羨望)한다고 말할 때의, 흠모와 존경의 마음이 가장 먼저 떠오를 것이다. 그러나 선망에는 잊어버리길 잘한다(善忘)는 뜻도 있고, 한번 그 안에 들어오면 꼼짝없이 갇히게 되는 그물(旋網)이라는 뜻도 있다. 선망선은 그런 선망을 원리로 작동하는 배다. 물속에 그물을 둘러친 다음 주머니끈 모양의 죔줄을 차차 죄어가며 고기를 잡는다. 선망선은 긴 시간 그 자리에 붙박여 있다. 선망에 잡힌

고기는 운반선에 따로 옮겨져 육지로 실려 온다. 이 일련의 과정에 출구는 없다. 이 출구 없음이야말로 사랑의 원리일 것이고.

여전히 이 영화는 무명 가수 앨리가 스타로 거듭나는 이야기로 요약된다. 그렇지만 이제는 좀 더 멀찌감치 서서 이런 질문들을 건네볼 수 있게 됐다. 꽝꽝 언 줄 알고 내디딘 발이 얼음판을 와장창 깨트려 온몸이 빨려 들어갔다면, 그러다 도착하게 된 세계가 의외의 곳이라면, 그것은 비극일까. 육지에 도착한 앨리는 한때 자신을 태웠던 시간의 선망선을 어떻게 기억하고 있을까. 영화를 다시 보지 않았더라면 묻지 않았을 질문들이다. 앨리의 사랑을 끝까지 오독했을지도 모른다. 물론 지금은 그렇지 않다. 하지만 이 마음도 확신은 하지 못하겠다. 다시 또 영화를 보면 앨리의 사랑이 다른 기적으로 읽히고, 다른 장면에서 아프고, 이번엔 앨리가 아닌 잭슨의 입장에서, 잭슨의 선망선에 탑승한 사람처럼 새로운 이야기를 시작할지도 모를 일.

그러니까 오늘의 결론은 '다시'에 있다. 다시 볼 때 수정되고 겹쳐지고 순해지거나 단단해지는 많은 것들이 인간의 삶에는 반드시 필요하다는 것. 그런 의미에서 꺼내 든 오늘의 영화는 〈오만과 편견〉이다. 아마 이 영화는 지금껏 내가 가장 많이 다시 본 영화일 것이다. 오만이 오만을 극복하고, 편견이 편견을 극복할 때 비로소 열리는 사랑 이야기. 이 사랑의 선망선에는 언제고 갇혀도 좋을 것이다.

출몰성

어제는 문득 이런 것이 궁금해졌다. 사람들은 시든
꽃을 어떻게 버리는 걸까. 종량제 봉투에 담아 버리
면 된다는 현실적인 답변을 기대한 것은 아니었고,
꽃을 버릴 때의 기분과 손에 남은 감촉을 어떻게들
감당하며 사는지가 궁금했던 것이다. 이상하게 꽃을
버릴 때마다 뜻 모를 죄책감에 사로잡힌다. 꽃의 소
임은 찰나의 아름다움을 가르쳐주는 일이고 그것을
모르는 바는 아니다. 그런데도 이상한 죄책감이 든
다. 내가 죽인 것도 아닌데. 내가 어떻게 할 수 있는
일이 아닌데.

단어의 집

음식물 쓰레기를 버릴 땐 그렇지 않으면서 왜 꽃을 버릴 땐 죄책감을 느끼는 걸까? 나만 그런가? 사람들은 무엇을 버릴 때 죄책감을 느끼는지 궁금하다. 그렇다고 내가 물건을 잘 못 버리는 사람인가 하면 그렇지도 않다. 애호가 있는 몇몇 품목에 관해서는 엄격하지만(이를테면 부엉이와 올빼미에 관계된 모든 것) 생필품이라든지 기타 잡기들, 옷이나 신발 같은 건 수시로 비우고 정리하려 애쓴다. 물건에 정을 주지 않으려 의식적으로 노력하는 것도 있다. 의미로 가득 찬 삶은 버거우니까. 의미는 백지 위에서 구하는 것만으로도 충분하니까. 그런데 꽃은, 고작 일주일 남짓 머물다 갈 뿐이고, 사위고 버려지는 것이 순리이거늘 왜 그토록 나의 죄책감을 자극하느냔 말이다.

그러던 중, 별의 종류에 관한 설명을 읽게 되었다. 어떤 별은 항시 보이고, 어떤 별은 나타났다 사라지기를 반복하고, 또 어떤 별은 분명히 존재함에도 불구하고 전혀 보이지 않는다는 설명이었다. 이를 차례로 주극성, 출몰성, 전몰성이라고 부른다고. 천문학적으론 다른 해석이 가능할지 몰라도 적어도 내겐 이렇게 이해되었다. 이 분류는 우리 삶에도 적용될 수 있겠구나. 존재를, 세계를, 체계를 이해하는 하나의 분석 틀이 되어줄 수 있겠구나.

이를테면 하루를 마감하며 오늘 내가 어떤 별로서 존재했었는지를 가늠해보는 것이다. 내 안에 내가 충분했던가. 희미했었나. 가장 자주 출몰하는 나는 어떤 모습이고, 지금껏 한 번도 관측되지 않은 나는 어떤 모습일까(그런 게 있기는 할까). 그렇게 나를 먼저 들여다보았다면, 카메라를 회전시켜 우리를 둘러싼 세계로도 시야를 넓혀보는 것이다. 사실상 우리가 '보는 것'은 세계가 '보여주는 것'에 다름 아니다. 그런데도 왜 이렇게 안 읽히고 어려운 걸까. 밤하늘의 별은 암호처럼 드문드문 놓여 있고, 우리는 별과별 사이를 이으려는 노력을 기울여야만 간신히 알아챌 수 있다. 아, 저것이 북두칠성(큰곰자리)이구나, 카시오페이아자리구나, 하고. 그러고 보면 우리가 세상을, 타인을 끊임없이 오독하는 것은 어쩌면 필연일지도 모르겠다. 그게 뭐든, 정확한 독해와 이해는 쉽지 않은 일이니까.

더욱이 요 며칠 세상이 나에게 보여주는 장면들은 차라리 전몰성이었으면, 하는 것들이 많았다. 관측되지 않았더라면, 모르고 지나쳤더라면 좋았겠다 싶은 장면들. 히잡 가격은 천정부지로 치솟고, 여성들은 대학 졸업장을 불태우기 바쁘고, 공항에서는 부모를 잃은 일곱 달 된 아이의 울음소리가 들려오는 아프가니스탄의 풍경들. 그 풍경들은 멀리에, 화면 속에만 존재하는 일로 여겨지기 쉽고 마음은 언제나 편리한 쪽으로만 나를 이끈다. 내 탓도 아니고, 내가 어떻게 할 수 있는 일도 아니라는 말 뒤로.

그래서 꽃이 왔을 것이다. 꽃은 말이 아닌 것으로 출몰하는 존재다. 너는 나의 아름다움을 목격한 적이 있어. 그리고 그것을 버렸지. 그것도 쓰레기봉투에. 별 뜻 없이. 그런데 정말 그럴까. 그것이 꽃이기만 할까. 중요한 건 버림의 촉감을 네 손이 기억한다는 사실이야. 세상의 비극은 너무 멀리에 있어서 대신 꽃을 보냈단다. 나는 그렇게 보여주었어. 내일은 꽃이 아닌 또 다른 무엇이 출몰성의 역할을 대신할 지 모르지. 행간엔 많은 말들이 지워져 있지만 그래도 변함없는 사실이 있어. 너는 아름다움을 버린 적 있다는 사실 말이야.

머리 위에 거대한 산 하나를 얹은 것 같은 날들이다. 목격자와 방관자 사이 어디쯤에서 나타났다 사라지길 반복하는 나를 고요히 바라봐야 할 시간이다.

단어의 집

플뢰레

말이 화살일 때가 있다. 얼마 전엔 10년 전쯤 알고
지내던 지인을 카페에서 우연히 만났다. 반색하며
안부를 나누던 중 지인이 내 얼굴을 요리조리 살피
며 "그런데 너…" 하고 운을 뗐다. 내 쪽에서 황급히
말을 받았다. "왜요 왜! 저 늙었다는 소리 하시려고
요?" 가만히 있으면 중간은 간다는데 제 발 저린 도
둑처럼 굴었다. 상대도 부정하지 않았다. "어… 분위
기도 그렇고 뭐가 좀 많이 변한 것 같다." 그날은 같
이 늙어가는 처지에 무슨 말씀이시냐, 그럼 세월이
얼만데 변하지 안 변했겠냐 능치듯 응수했는데 며칠

이 지나도 그 말이 아프게 나를 찔렀다. 박힌 것이다. 보이지도 않는 화살이.

아픔의 이유는 명백하다. 변했다는 사실을 알고 있어서. 생기 있고 질문 많던 사람은 온데간데없이 사라지고 거울 속엔 세상만사 귀찮다는 듯 '뭘 쳐다봐?' 묻는 사람만 있어서. 하필 그 즈음 세사르 바예호의 시를 읽고 있던 것도 문제(?)가 됐다. 시 〈시간의 횡포〉(《태양의 돌》, 창비, 2013)의 모든 문장은 "죽었다"로 끝난다. 안또니아 아줌마도, 싼띠아고 신부도, 금발머리 아가씨 까를로따도, 외눈박이 노인과 라요도… 남김없이 전부 죽은 것이다. 시간의 횡포 아래 살아남은 사람은 아무도 없고. 한 줄 한 줄 시를 읽어 내려갈 때마다 귓가에 들려오던 총성 소리. 다 읽고 나면 마른 우물 속에서 홀로 밤하늘을 올려다보는 기분이 드는 시. 그렇다. '신이 아픈 날 태어났다'던 저 슬픈 세사르 바예호의 시는 내 안의 무력 버튼을 꾹, 누르고 만 것이다.

매일 진다. 지는 기분이 든다. 피곤해서도 지고 귀

찮아서도 지고 허무해서도 지고 우울해서도 진다. 그날따라 입고 나온 옷이 마음에 안 들어서도 지고, 하필 우산을 두고 온 날 소나기가 내려서도 지고, 편의점에 들러 만 원이나 하는 우산을 샀는데 비가 홀랑 그쳐 씩씩거리며 또 진다. 텀블러 뚜껑이 제대로 안 닫혀 가방 안이 홍수가 되어서도 지고, 눈앞에서 버스를 놓쳐서도 지고, 주차장 구석에서 들려오는 고양이 울음소리가 구슬퍼서도 진다. 변해서 슬픈 이유는 다름 아닌 그것이다. 응전할 힘이, 무기가, 점점 사라진다는 것.

그럴 때, 남몰래 펜싱 선수가 되는 상상을 한다. 왜 펜싱인가 하면, 장비부터 경기 방식까지 내겐 그 어떤 경기보다 고독하게 다가오는 스포츠가 펜싱인 까닭이다. 외나무다리(?) 위에서 일대일로 펼쳐지는 경기라는 점이 특히 그렇다. 검을 들고 하는 경기이다 보니 안전을 위해 장비들이 크고 무거울 수밖에 없는데, 특히 얼굴에 쓰는 헬멧은 상상만으로도 답답하다. 숨도 잘 안 쉬어지고 앞도 잘 안 보일 것 같고. 펜싱의 종류나 자세한 경기 방법을 속속들이 알진 못하지만 이거 하나는 안다. 펜싱에 쓰이는 검 '플뢰레'만큼은 완전한 매혹의 대상이라는 것. 검술에 숙달되지 않은 기사들이 연습 중에 날카로운 칼 때문에 귀가 잘리고 실명을 하는 경우가 많아(으악!) 고안된 검. 날 끝이 둥글고 칼날을 없앤 검, 플뢰레.

칼은 칼이니까 어쩔 수 없이 공격에 일조하더라도 상처를 최소화할 수 있다니 얼마나 멋진가! 내가 갖고 싶은 무기도 그런 무기인 것 같다. 날카롭되, 폭력에 가담하지 않는. 이왕이면 가장 깊고 캄캄한 고독을 찌를 수 있는.

가끔은 안이 너무 무르고 어두워 내가 들고 있는 것이 플라스틱 칼인지 대파 줄기인지 구둣주걱인지 모르겠는 순간이 자주 찾아오지만 그래도 손에 쥘 무언가가 있다는 것만으로도 다행스러울 때가 있다. 가끔은 시도 칼이 되어준다. 비유가 아니라 진짜로, 진짜로 말이다. 인간의 힘으로는 어찌할 수 없는 일들, 불가해하고 불확실한 세상을 향해 울먹이며 휘

두르는 칼. 물론 제대로 된 검술을 갖췄을 리 없고 대체로 헛발질, 미봉책에 불과하지만 언젠가는 나도 플뢰레 같은 멋진 검을 들고 적의 폐부를 찌르고 승리하는 날이 오지 않을까?

그런데 무엇으로부터의 승리일까? 삶의 만행으로부터의 승리? 시간의 횡포로부터의 승리? 긴긴 고독으로부터의 승리?

외나무다리의 반대편은 너무 캄캄해 원수의 얼굴이 보이지 않는다. 금이빨과 칼끝만 번뜩일 뿐.

덧장

'오늘도 진 것 같아.' 다짜고짜 친구에게 메시지를 보냈는데 이런 답이 돌아왔다. '비긴 걸로 해라. 슬프니까.' 그 말을 듣는데 정신이 번쩍 들었다. 왜 나는 비길 수 있다는 생각을 못, 아니 안 했던가! 비김의 가능성을 원천 차단한 채 맨날 졌다고 징징거리기만 했으니. 역시 나보단 친구가 한 수 위임을 인정하며(또 진 것 같은 이 기분은 무엇인가!) '매치포인트(Match Point)'라는 단어를 떠올렸다. 그렇다. 점수는 나봐야 아는 것이다.

비김이라는 또 하나의 가능태가 생기자 삶에 찾

아온 변화가 있다. 가장 큰 변화로는 수시로 휴대전화 메모장을 열어 '비긴 일의 목록'을 적기 시작했다는 점을 들 수 있겠다. 그러자니 우선은 지는 것과 비기는 것의 차이부터 변별해야 했는데 그때 적어둔 메모 일부를 옮기면 다음과 같다.

지는 것: 어찌할 수 없음, 울화가 치밀고 끝장났다는 생각, 마침표를 찍을 수 없음(분해서!), 멸시, 비하, 자괴, 얼굴 위로 진흙이 줄줄 흘러내린다, 헛웃음이 나오는, 두더지와 눈이 마주친 것 같은, 폭죽놀이의 잔해, 생매장, 팔다리가 분리된 마네킹, 소라껍질(귀를 대면 '함부로 엿듣지 마!'라고 말한다), '어떻게 그럴 수 있지?'를 지나 '그러려니'의 상태에 접어들기까지의 시간(의외로 짧음).

비기는 것: 어찌할 수는 없지만 그래도 괜찮음(괜찮은 것과 나쁘지 않은 건 어떻게 다를까?), 목탁 소리, 한낮의 저글링, 유유자적, 오래 목말랐던 자가 느

끼는 물 한 방울의 무게, 언덕을 오르면 펼쳐지는 풍경, 김이 모락모락 나는 만두(신의 조각품), 고디바 소프트 아이스크림(최상급 신의 조각품).

적고 보니 명확해진다. 지는 것은 주로 분노와 닿아 있고 비기는 것은 자족과 닿아 있다. 순간 자족을 지족이라고 쓸 뻔했는데 지족도 틀린 말은 아닐 것이다. 욕심내지 않고 분수를 지키며 살면 자동적으로 얻어지는 편안함이 안분지족의 본질일 테니까. 이기는 경우? 물론 없다. 애초에 삶과의 싸움이란 이길 수 있는 성질의 것이 아니다.

결국 내가 살아가면서 보다 성실하게 기록해야 할 것은 숱한 '실패담' 사이 간헐적으로 찾아오는 '비김의 순간들'이 아닐까. 한 발 뒤로 물러나 바라보니 이런 일들이 새롭게 다가온다. 술 만드는 공정에서 품질을 높이기 위해 '밑술'에 '덧술'을 섞는 행위. 한 번(1차 공정)으로 그치지 않고 밑술에다 곡물과 누룩을 첨가하는 2차 공정을 거치면 술맛은 더욱 깊어지고 상품 가치도 높아진다. 어느 유명 종갓집 장맛의 비결도 다름 아닌 '덧장'이란다. 오래되어 수분이 날아간 된장이나 간장에 새 장을 뒤섞는 덧장을 하면 맛과 향은 물론 영양가도 높아진다. 따지고 보면 참 단순한 방법이 아닐 수 없다. 뒤섞음! 그게 다 아닌가. 이를 삶에도 적용해본다면 어떨까. 지는 순간과 비기는 순간을 적절히 뒤섞으며 살 수 있다면 그 하루하루들, 그럭저럭 견딜 만한 인생 아닐까.

인생이라니! 그런 낡아빠진 단어를 입에 올렸다는 사실 때문에 또 진 기분이 든다. 그래도 이렇게 개똥밭에서 뒹구는 걸 보면 나는 신의 피조물임이 틀림없다. 신의 일과가 '시치미 떼고 있음'인지는 모르겠으나 어이, 거기 구름 위에 앉아 있는 당신! 내가 매일 지기만 하는 것 같아 보여도 삶을 풍성하게 만드는 덧술, 덧장 그런 훌륭한 기법도 알고 있다구! 비긴 일의 목록을 차곡차곡 성실히 채워가는 것만으로도 금화로 가득한 복주머니를 가진 것 같다구!

생각해보면 딱 한 번, 이겼던 순간이 있기는 하다.

내가 이 세상에 태어나던 날. 질 수도 있었는데 깨치고 나아가 끝내 이루었다는 사실, 나의 탄생! 두 번은 없을, 그 '원 앤드 온리(One and Only)'의 순간을 떠올리면 눈시울이 붉어진다. 경이로워서가 아니라, 그때부터 죽을 때까지 지기만 할 인생이 너무 참담하고 분해서. 어랏, 또 인생이라고 했다. 입에 붙었다. 참패다.

탕종

동네에 정말 유명한 식빵 전문점이 있다. 방송에 처음 소개되었을 때만 해도 오픈 시간에 맞춰 줄을 서면 어찌어찌 살 수 있었는데, 그 후로도 몇 번 더 방송을 탄 뒤론 온라인 주문 후 최소 3개월은 기다려야 맛볼 수 있는 빵이 되었다. 빵을 그리 좋아하는 편은 아니지만 사정이 이렇다 보니 없던 오기가 발동했다. 그래, 나도 먹어보고야 말겠어! 마침 거리도 멀지 않겠다, 오프라인 매장에 그날그날 내어놓는 수량을 노린다면 승산이 있을 것 같았다. 결론부터 말하자면 그렇다, 성공했다. 그러나 그 과정은 결코 쉽지가 않았다. 겨우 빵 하나에 무슨 에너지를 그리 쏟나, 바쁜 일들에 밀려 후순위가 되기 일쑤였고 겨우겨우 짬을 내서 찾아가면 휴무일일 때도 있었다. 매진 안내문 앞에서 울먹이다 돌아온 적도 몇 번이다. 빵 하나에도 호락호락하지 않은 세상이라고 채찍 같은 울분이 쌓여갈 즈음, 당근의 시간은 찾아왔다. 그것도 아주 우연히 말이다.

우연이라는 말에서 어떤 신선한 서사를 기대했을지는 모르겠으나… 그런 건 없다. 모처럼 별일 없던 수요일, 집에만 있기 답답한 마음에 오후 4시쯤 산책을 나섰다가 진열장에 빵이 남아 있는 기이한(?) 풍경을 보게 되었을 뿐. 물론 종류는 한 가지, 수량도 세 개뿐이었지만 지복이라 생각했다. 그날 내가 산 빵의 이름은 '단호박크림치즈 탕종식빵'. 선택의 여지가 없었지만 충분히 만족하며 데려왔다. 물론 딱 하나만. 누구인지 모를 이의 행복까지 내가 다 빼앗아버리면 안 되니까.

명랑하게 봉지를 흔들며 집으로 걸어오는 동안

입으로는 쉴 새 없이 탕종, 탕종 중얼거렸다. 손에 들린 식빵이 황금보다 귀한 종처럼 느껴지기도 했고, 소리 내어 되뇌는 것만으로도 달콤한 사탕을 녹여 먹는 기분이었던 것이다. 콧노래도 절로 나왔다. '이응(ㅇ)은 구르는 바퀴 같아. 누가 탕 다음에 종이라는 글자를 내려놓을 생각을 한 걸까.' 집으로 돌아오자마자 집도를 앞둔 의사처럼 경건하게 칼을 들었다. '빵은 어쩜 이렇게 무구한 존재일까, 미움이 스며들 틈이 없네.' 그러곤 절단면을 보며 환호했다. 단호박과 치즈가 어쩜 이렇게 꽉꽉 들어차 있는지!

탕종법은 빵을 만드는 기법 중 하나라고 한다. 이스트(효모)의 힘을 빌리지 않고 반죽 단계에서 따뜻한 물을 넣어 밀가루가 충분히 수분을 머금게 하는 것이다. 이때 시간이 흐르면서 녹말의 호화(糊化) 현상이 일어나는데 조직이 부풀고 점성이 강해짐을 뜻한다. 듣기만 해도 촉촉하고 쫄깃할 것 같지 않은가. 실제로 탕종 기법으로 만들어진 빵은 유달리 식감이 훌륭하고 결대로 부드럽게 찢어지며 손가락으로 꾹 눌러도 천천히 원상태로 돌아온다고 한다. 이 문장들은 내가 원하는 삶의 모습을 담고 있었다. 찢어지더라도 결대로 부드럽게 찢어질 수 있는 유연함, 그리고 충분한 회복력을 지닌 삶.

그날 이후 탕종은 나의 작은 주문이 되었다. 일종의 부적인 셈인데 주로 이런 상황에서 쓰인다. 하루는 인터넷 검색창에 '토분'을 치려다가 실수로 '토붕'이라 적은 적이 있다. 새봄을 맞아 부쩍 생기를 띤 화분의 분갈이를 알아보려던 것인데, 토붕(土崩)은 '흙이 무너진다, 점차 잘못되어 손을 댈 여지가 없다'는 뜻을 가진 무시무시한 단어가 아닌가. 그 즉시 화분 앞으로 달려가 "토붕 아니야. 너를 무너뜨리려는 것이 아니야" 진심을 다해 사죄하고 탕종,이라고 말했다. 마치 아멘처럼. 또 어느 날은 '자명하다'와 '분명하다'의 차이를 가늠해보려다 실수로 '자몽하다'라는 단어를 검색했는데, 자명함의 명백함, 환함, 스스로 강함과는 달리 자몽함은 '졸릴 때처럼 정신이 흐릿한 상태'를 뜻한다는 설명을 읽게 되었다. 상큼한 과일인 줄로만 알았던 자몽의 역습이었다. 그때도 부적을 붙이듯 탕종, 탕종, 입 밖으로 소리 내어 말했다. 같은 이응인데 탕종의 이응과는 너무나 다른 이응이 세상에는 너무 많구나, 하면서.

탕종의 힘은 나날이 커져갔다. 놀랍거나 두렵거나 감당하기 어려울 만큼 슬픈 일이 닥칠 때마다 탕종, 탕종 하고 입 밖으로 되뇌는 것이다. 토붕 앞에서도 탕종, 자몽의 무지몽매함 앞에서도 탕종, 죽음 앞에서도 탕종이라고 말하면 종소리가 은은히 번져 나를 위한 안전한 막이 생겨나는 기분이다.

탕종이라는 말의 비밀스러운 느낌은 오래도록 내 곁에 남아 있다. 비록 단호박크림치즈 탕종식빵은 하루도 못 가 사라져버렸을지라도. 탕종, 탕종. 나는 단어 하나로도 나를 지킬 수 있다. 단어가 빵처럼 부풀고 종처럼 울려 한 사람의 집이자 우주가 된다는 것. 참 따뜻한 움막이다. 뜻밖의 신비다.

꼭두

저먼윙스 A320. 이 비행기의 이름을 기억하는 사람
이 있을까. 안드레아스 귄터 루비츠라는 이름은? 이
낯선 이름들을 노트에 옮겨 적던 날, 엄청난 공포에
휩싸여 있었다. 스페인을 출발해 독일로 가던 여객
기가 부조종사의 고의로 알프스산맥에 추락하는 일
이 벌어진 것이다. 당시 비행기에 타고 있던 150여
명의 승객은 전원 사망했으며, 온전한 시신이 없어
신원 파악도 DNA로 진행될 예정이라는 기사를 읽
으며 할 말을 잃었던 기억. 그 후, 비행기 운행 시 조
종실에 반드시 두 명의 파일럿이 있어야 한다는 규

정이 신설될 만큼 전 세계를 떠들썩하게 만든 사건이었다.

어떻게 저토록 무자비한 죽음을 감행할 수 있었을까. 무엇이 그를 그렇게 행동하도록 만든 걸까. 부조종사에게 평소 정신적인 문제가 있어왔다는 보도가 뒤따르긴 했지만 납득은 되지 않았다. 간단히 정리될 문제가 아니었다. 나는 나대로 이유를 찾아보고자 했다. 미야모토 테루의 원작 소설과, 그것을 영화화한 고레에다 히로카즈의 장편 데뷔작 〈환상의 빛〉을 다시 꺼내보기도 하고, 제2차 세계대전 당시 공군 장교로 참전했다가 비행 도중 행방불명되었다는 《어린 왕자》의 작가 생텍쥐페리의 영혼을 상상해보기도 했다.

그럴수록 머릿속은 점점 더 불투명해졌다. 〈환상의 빛〉의 아내 유미코는 별다른 이유 없이, 너무나 평범했던 어느 날 밤 퇴근길, 스스로 극단적인 죽음을 선택한 남편 이쿠오를 도저히 이해할 수 없다. 이유. 유미코에게 간절히 필요했던 것도 바로 그 이유였으리라. 이유가 분명하고 납득 가능하다면 이렇게 까지 힘들지는 않았을 것이다. 용서가 쉬웠을 것이다. 그런데 영화가 끝난 뒤에도 우리는 여전히 이유를 알지 못한다. 영화 바깥의 관객조차도 끝내 이유를 모르는 채 남겨진다. '환상의 빛'이라고 에둘러 부를 수밖에 없는 그 불가해함이야말로 삶의 본질이라는 메시지였을까. 안드레아스 긴터 루비츠는, 이쿠오는 대체 왜 그런 선택을 했을까. 생텍쥐페리는? 정말 이 지구를 떠나 어린 왕자의 소행성 B612로 돌아가기라도 한 것일까.

인간의 이해를 벗어나는 일이 세상엔 너무나 많다. 인간의 눈을 들여다볼수록 인간을 더 모르겠다는 생각만 든다. 아마도 우린 그 이유라는 것을 영영 알지 못하겠지. 하지만 반대로 생각해보면 몰라서, 영영 모를 것이어서 질문은 시작될 수 있다는 뜻도 된다. 왜 당신은 인간에게 죽음을 가르치나요? 왜 당신은 시간의 손바닥 위에 우리를 올려두고 주사위 놀이를 하나요? 이 세계가 하나의 얼굴이라면, 왜 당신은 한결같이 슬픈 표정만 짓고 있나요?

저먼윙스 A320에 탑승했던 이들의 얼굴을 가만히 떠올려본다. '꼭두'의 마음으로 말이다. 꼭두는 상여를 장식하는 나무 조각상을 이르는 말로, 이승과 저승, 꿈과 현실을 잇는 존재다. 망자에게 길을 안내하고, 나쁜 기운을 물리치고, 영혼을 위로하는 역할을 한다. 꼭두는 언제나 선두에 있다. 꼭두새벽이 아주 이른 새벽을 부르는 말이듯이 꼭두는 언제나 맨 앞에서 길을 내고 불가능한 문을 열며 나아간다.

선두라는 말에는 겁과 용기가 공평하게 들어 있다. 꼭두도 실은 겁이 나는데 매 순간 겁보다 용기의 크기를 키우며 걷고 있는지도 모른다. 장수(將帥)는 태생이 장수인 것이 아니라 매 순간 결심하기에 장수인 것이라는 나의 시 선생님의 말씀을 기억한다. 나는 그 말을, 자신감은 영원히 생기지 않을 것 같으니 대신 믿음의 크기를 키워보자는 말로 바꿔 읽는다.

소금산 출렁다리를 건너던 날이 기억난다. 고소공포증 따위는 없다고 자신했는데 깎아지른 절벽 사이에 놓인 출렁다리를 마주한 순간 완전히 겁을 집어먹고야 말았다. 일방통행인 길이었고 무조건 앞으로 가는 수밖엔 없었다. 그때, 맞은편 하늘에 상상으로 한 점을 찍었다. 시선을 점에 두고, 점만 뚫어져라 쳐다보며 걸었다. 그곳의 나를 이곳으로 건너오게 한 것이 바로 그 점이었다. 꼭두의 한 점.

존재가 깃털 같아지는 순간은 누구에게나 온다. 그럴 때 인간은 아주 작은 입김에도 날아갈 수 있다. 날아오르는 게 아니라 날아가버린다. 그럴 때 한 편의 시가 당신의 누름돌, 당신의 한 점이 되어줄 수는 없을까.

한 점. 딱 한 점만 보고 걷는 것이다. 나도 이쪽에서 딱 한 점만 보며 걸을 것이다. 그쪽의 당신도 그렇게 와주었으면 한다.

3

나의
작은 말들의
놀이터

안료

녹는점, 어는점, 끓는점.

　세 단어가 적힌, 백지에 가까운 종이를 건넨다. "이 단어들을 돌다리라고 생각하세요. 어떻게 해석할지도 자유, 무엇을 연상해 어떤 문장으로 뻗어나갈지도 모두 자유입니다." 제시문을 마주한 학생들은 곤란하다는 표정을 짓기도, 호기심으로 눈이 반짝이기도 한다.

　새 학기 첫 시간, 자기소개를 대신해 준비한 수업이다. 명색이 문학 수업인데 진부한 자기소개를 할

순 없는 노릇. 문학이라는 모닥불 앞에 모여 앉은 우리가 공유해야 할 것은 사는 곳, 나이, 학벌 따위가 아닌 '문학적 영혼'일 것이다. 당신은 무엇을 믿고 무엇을 의심합니까. 가장 깊이 찔린 기억과 가장 높이 뛰어올랐던 순간은 언제입니까. 어떨 때 흩어지거나 맺힙니까. 그러니까 당신의 온도, 색깔, 질감, 경도는 어떠합니까. 묻고 싶고 듣고 싶은 당신이 거기 있다.

사각거리는 연필소리. 손등에 돋아나는 힘줄. 집중하는 입. 나는 지금 세상에서 가장 아름다운 풍경을 마주하고 있다. 문학의 자장 안에 놓여 있다는 사실만으로도 생면부지의 사람에게 단단한 결속력을 느낄 때가 많다. 왜 하필 문학인가요. 세상에 재미난 게 얼마나 많은데. 지금이라도 늦지 않았으니 삶의 다른 가능성을 타진해보는 건 어떤가요. 턱 끝까지 차오르는 말들은 안으로 삼키고 나도 나의 백지를 채워보기로 한다.

어는점: 손발이 차갑고 눈앞은 캄캄하고 머리가

꽝꽝 얼어버린 것 같은 상태. 주로 마감 직전, 백지를 마주한 나의 모습이다.

끓는점: 나는 화를 잘 내지 못하는 사람이다. 사랑할 때만 찾아오는 온도.

녹는점: 시를 쓰며 가장 자주 도달하는 상태. 내게 녹는다는 건 부드러움과 동의어이다. 그리고 이런 문장들; 물속에서 녹고 있는 물고기. 한낮의 태양 아래, 아이스크림보다 먼저 손이 녹아버린다면? 눈사람에게 허락된 마지막 밤. 흰 사슴의 눈동자가 호수로 변하는 순간.

과학 시간이었다면 선생님에게 꾸지람을 들었을지도 모른다. 얼음의 녹는점은 섭씨 0도이고 물의 끓는점은 100도라는 과학적 사실로부터 너무 멀리 온 문장들이기 때문에. 그러나 저 문장들은 나의 심리적 진실을 보여주고 있고 문학적으론 오류라고 할 수 없다.

저 문장들은 시를 예비하는 '안료'와 같다. 안료는

염료와 다르다. 안료와 염료는 물질에 색을 발현시키는 색소라는 점에서 동일하지만 염료는 물에 녹아 스며드는 반면 안료는 물이나 기름에 녹지 않는 성질을 지녔다. 안료는 다른 무엇과 섞이더라도 자신의 색을 잃지 않고 오히려 더 분명하게 자신임을 증명한다. 그런 안료를 재료 삼아 빚는 시는 빛에도 열에도 추위에도 강할 것이다.

그러니 어떤 문장이라도 좋다. 백지 안으로 걸어 들어가 자신만의 은밀한 다락, 혹은 지하실을 열어 볼 수만 있다면.

내가 쓴 문장이 나를 보여준다는 사실이 중요하다. 우리는 모두 살아 있는 존재들이고, 살아 있다는 건 얼고 녹고 끓고 흩어지는 모든 순간의 총합이기 때문이다.

탁성

"목소리가 너무 탁성이어서 어떻게 노래를 할지 전혀 감이 안 와." 텔레비전을 켜놓고 딴짓하다가 순간적으로 몸이 굳었다. '탁성'이라는 단어가 투명한 송곳처럼 나를 쿡 찔렀기 때문이다. 텔레비전에선 한 음악 오디션 프로그램이 방영되고 있었다. 방금 그 말은 심사위원 유희열이 무대를 준비 중인 참가자를 향해 건넨 말이었다. 우려나 비난이 아닌, 기대의 말.

탁성. 쉬거나 흐려서 탁한 목소리. 사전적 정의만 보면 핸디캡에 가까운 듯하다. 더군다나 보컬리스트로서는 수정을 요하는 숙제이지 않았을까. 탁성은 미성, 가성, 두성, 비성 등 목소리의 다양한 종류 가운데서도 덜 선호되는 쪽이긴 하니까. 그런데 결과는 놀라웠다. 선곡의 탁월함도 있었겠지만 무엇보다 그의 탁성은 독창적인 무기가 되어 심사위원들의 극찬을 이끌어냈다. 유리처럼 맑은 목소리가 가진 힘도 있지만 탁하고 메마르고 물기 한 방울 없이 끓는 목소리에도 분명한 힘과 매력이 존재한다는 걸 보란 듯이 증명해보인 것이다.

목소리는 정말 신비롭다. 시간의 공격을 피할 수 없는 인간에게서 가장 마지막까지 함락되지 않는 성. 어릴 때 즐겨 보던 만화 주인공의 목소리와 성우의 얼굴이 겹쳐질 때 저분의 목소리는 늙지 않는구나 얼굴엔 주름이 자글자글해도 목소리는 한결같구나 놀라울 때가 많았다. 한 사람이 생래적으로 지닌 목소리는 지문과 같은 역할을 하기도 한다는 것을, '고유(固有)' 카테고리에 담길 인간의 조각이라는 것을 새삼 깨달았다. 고유한 목소리가 있기에 다른 목소리, 또 다른 목소리에 대한 갈망이 생겨난다는 사실 또한.

　나 역시 고유하다는 사실로부터 수없이 도망치려 했던 시간이 있었다. 고유라는 말을 굴레, 속박, 한계로 오독하며 변성을 꿈꾸곤 했으니까. 첫 시집을 내고 K 선생님께서 진행하시는 팟캐스트에 출연했을 때의 일이다. 시인으로서도 인간으로서도 까마득한 '아가'였을 나에게 K 선생님은 과분할 정도로 예를 갖추셨다. 호스트가 게스트에게 질문하는 것은 당연한 일인데도, 혹 말에 찔리면 어쩌나 저어하시며 "뭐 한 가지 여쭙겠습니다"라고 운을 떼셨다. 이쪽의 나는 엉덩이를 들썩이며 진땀을 뺐다. 그간 '염결하다'라는 단어를 책으로만 배워왔는데 말이 사람에게 육화되어 있는 장면을 마주했기 때문이다. K 선생님의 목소리에는 그런 힘이 있었다. 말과 사람은 같이 온다는 것을 다시금 되새긴 시간이었다.

　그때, 어디서 그런 용기가 튀어나왔는지 모르겠다. 선생님, 전 왜 이렇게 무거운 걸까요. 저도 밝고 명랑하고 귀여운 거 하고 싶어요. 어리광을 빙자해

다른 목소리에 대한 갈망을 불쑥 내비친 것이다. 그
땐 정말이지 시가 너무 아프고 무거웠다. 울면서 쓰
거나 쓰고서 울었다. 이렇게 망가져 있는 세상도 싫
고, 세상의 미래가 내 펜에 달린 것마냥 심각했던 마
음도 싫었다. 그래서 쉽게 가려고, 손쉬운 위로를 구
했던 것인데…. K 선생님은 단호하셨다. 그건 잘하는
사람이 따로 있겠지요. 하던 걸 하세요.

　하던 걸 하라는 말. 아마도 그 말에 깊이 찔렸던
탓일까. 앞으로 어떤 시를 쓰고 싶으냐는 질문에 나
는 (또 무슨 용기에선지) 이런 거창한 대답을 내어놓고
야 말았다. "사람들 들어간 뒤에 신발을 다 정리해놓
고 들어가는 시를 쓰게 되지 않을까요." 그때로부터
꽤 많은 시간이 흐른 지금, 생각한다. 하던 거라도 잘
하는 일은 얼마나 기적 같은 일인가. 여전한 신발들,
정리되지 못한 미숙하고 어려운 마음들, 너무 많다.
그러나 이제는 다른 목소리를 꿈꾸지 않는다. 세 번
째 시집을 펴내며 적었던 말을 기억한다. "나는 평생
이런 노래밖에는 부르지 못할 것이고, 이제 나는 그

것이 조금도 슬프지 않다." 살다 보면 '조금'은 슬퍼지는 순간이 왜 없겠는가. 그것마저 부정할 수는 없겠지만.

내가 쓴 문장들이 징검다리가 될 때가 있다. 과거의 문장을 딛고 현재의 문장을 내려놓는다. 현재의 문장을 딛고 미래의 문장을 내려놓는다. 그렇게 간신히 한 걸음씩 나아간다. 망망대해 같은 바다를. 말과 사람이 함께, 느리더라도 함께.

그러니 하던 걸 하자. 이런 노래는 이런 노래고, 탁성은 탁성이다.

벼락닫이

"사람들은 다 지구에 있는데 나 혼자 지구 바깥에, 우주에 있는 느낌이 들어." 너를 만난 지 며칠이 지났는데도 그 말이 불쑥불쑥 떠오른다. 설거지를 하다가도, 빨래를 널다가도 멍하니 서 있게 돼. 이름에 진실되다는 의미의 한자어가 들어 있어 이렇게 사는가 보다고, '거짓 가(假)' 자가 들어간 이름이었다면 조금 다르게 살지 않았겠냐고 무심한 듯 말하던 너. 오래 준비하던 일이 잘 되지 않아 속상했을 마음을 누구보다 잘 알기에 내내 나의 마음도 빗물에 오래 담가 둔 이불처럼 눅진하고 무거웠어.

홀로 우주에 있을 너에게 나는 무엇을 해줄 수 있을까. 아니, 그보다 먼저 누군가의 상심과 좌절에 무엇을 보태거나 덜어내는 일이 근본적으로 가능하기나 한 일일까. 나는 네가 쥐고 있는 단어가 추방, 박탈, 탈락, 소외감 같은 단어가 아니길 바라지만 우주는 너무 거대하고 공허하고 추운 공간이니까. 그곳에서 너의 시간이 어떤 속도로 흐르는지 알지 못하니까. 희망, 긍정, 열정, 목표 같은 단어들을 억지로 발에 묶어 지구로 끌어당기고 싶지도 않으니까. 네 앞에선 아무 말도 못 하거나 아무 상관없는 소리만 늘어놓게 되는 것 같다.

그래서 편지를 써. 거긴 위험한 곳이니 하루빨리 돌아와야 한다는 이야기 같은 건 안 해. 그저 네가 그곳에서 숨 쉬기 불편하지 않게 산소통이라도 가득 채워주고 싶은 마음일 뿐. 그래도 내가 쓰는 사람이라는 것이 다행일 때가 있어. 너에게 들려주고 싶은 이야기를 계속 찾게 된다는 것이. 사실은 오늘도 너에게 이 이야기를 하려고 글을 시작했어. 〈굴〉(《프란

츠 카프카》, 현대문학, 2020)이라는 카프카 소설에 관한 이야기야. 다른 대표작들에 비해서는 생소할 수 있는 작품이지만 흥미로운 점이 많은 소설이었어. 카프카가 죽기 바로 전에 쓴 소설이라고도 하고 미완성이라는 말도 있지. 이쯤 되면 스토리를 맛깔스럽게 설명해야 할 깃 같은데 그러기가 참 난감해. 왜냐하면 스토리라고 할 만한 것이 거의 없거든. 땅속에 굴을 파는 '나'가 있어. 그게 다야. 시작부터 끝까지 굴속에서 굴만 파다 끝나. 스토리를 따라 읽어야 하는 소설이 있고 구조 자체가 곧 메시지인 소설이 있잖아. 이 소설은 말하자면 후자에 속하는 듯해. 내용이 아니라 형식을 봐야 하는 소설.

재미있었냐고? 그럴 리가. 사건이랄 것도, 돋보이는 캐릭터나 인상적인 대화랄 것도 없는 소설이었는걸. 굴속에서 혼잣말하고, 있지도 않은 침입자의 존재를 두려워하고, 그런 두려움 속에서 또 굴을 파고. 지금이 낮인지 밤인지 여름인지 겨울인지도 모르겠는 소설에 대고 재미를 운운할 수는 없지. 단편치고는 길이도 꽤 긴 편인데, 몇 장을 건너뛰고 읽어도 계속 굴속에서 굴만 파고 있는 거야. 진전되지 않는, 공회전하는 듯한 느낌이 어찌나 답답하던지. 미궁에 빠진 기분이었어. 폐소공포증 있는 사람은 아마 못 읽을지도 몰라. 나중에는 오기가 생기더라니까? 같은 문장을 두 번 세 번 읽는 고통을 감수하면서 (응? 여기 아까 읽은 거 같은데?) 어찌어찌 완독을 하고 나니 간신히 비상구 밖으로 빠져나온 기분이 들더라. 소설이라 얼마나 다행이야? 책을 덮으면 어쨌든 사라지는 세계라는 게. 실제로도 창문을 활짝 열고 바람을 실컷 맞았어. 겨울의 매서운 칼바람이었는데도 말이야.

굴속 같은 현실을 반영한 알레고리로 이 소설을 이해하는 건 너무 뻔한 독해 같아. 이렇게 암담한 게 현실이지, 아무렴. 그런 닳고 닳은 말을 하려고 꺼낸 이야기도 아니고. 내게 흥미로웠던 건 그 소설에 등장하는 '벼락닫이'라는 표현이었어. 세상으로부터 단절된 주인공에게 연상된 창문의 형태가 바로 그

벼락닫이였거든. 사전에도 등재되어 있더라. '위짝은 붙박이고 아래짝만 오르내려 여닫는 창문'을 일컫는 말이래. 같은 뜻으로 '들창'이라는 우리말도 있는데 벼락닫이라는 옛말이 훨씬 인상적인 것 같아. 어쩌다 그런 이름이 붙었을까? 벼락처럼 닫히는 문. 문은 문이되 난관이 따르는 문. 절반만 허락된 문. 신이 인간에게 허락한 창문은 그 정도일 뿐이라는 말이었을까.

우리가 살아가고 있는 이곳이 굴속이든 바닷속이든 우주이든, 인간에겐 누구나 창문이 필요한 것 같아. 각자가 필요로 하는 창의 모양이나 크기도 제각각이겠지. 언젠가 시에도 쓴 것처럼, 나는 내 영혼이 문도 창도 없는 새하얀 방 안에 갇혀 있다는 생각을 자주 해. 내가 영영 잃어버린 것들, 다시는 돌아올 수 없는 시간들을 떠올릴 때마다 어김없이 소환되는 공간이야. 마치 너의 우주처럼 말이야. 거길 떠나고 싶었는데 안 되더라. 결국은 도돌이표처럼 되돌아오게 되더라고. 그래서 마음을 고쳐먹었어. 이제 더 이상

다른 세계로의 탈출을 꿈꾸지 않고 그냥 거기, 그 방의 "흰 벽에 빛이 가득한 창문을 그"리기로(〈면벽의 유령〉,《여름 언덕에서 배운 것》). 갇혀 있어도, 천국이 아니어도, 지워지면 그만일 창문이더라도, 내가 분명히 그렸고 그 과정이 진실했다면 그것으로 충분하다는 생각.

〈굴〉의 주인공에게 연상된 문처럼, 제아무리 굴속 물속 마음속이라 해도 창을 내는 일이 불가능한 건 아니잖아. 우리에게 필요한 건 실질적, 물리적인 창문이기도 하지만 존재론적이고 심리적인 창문일 경우가 훨씬 많으니까. 어쩌면 벼락닫이를 통한 환기는 불완전한 것일지도 모르겠어. 위짝은 붙박이니까 실질적으로 열리는 문은 아래쪽, 즉 절반에 불과할 테고, 혹 고정 핀이 부러지기라도 한다면 캄캄하게 닫혀버릴 수도 있겠지. 그렇더라도 그 방식이 최선인 순간이 있었겠지? 그런 모습으로 존재할 수밖에 없는 이유가?

우주에 적합한 창은 어떤 방식일까? 궁금하다. 다

음에 만나면 네가 꿈꾸는 창문의 구체적인 형상과
여닫는 방식에 대해 들어보고 싶어. 그리고 이건 공
공연한 비밀(?)인데, 난 네 이름이 참 좋아. 이름에
거짓이 없어서. 도망갈 구석이 하나도 없는, 전부이
고 전체여야 하는 그런 진실함이 온통 너여서.

적화

요즘 '밸런스 게임'이 유행이다. 두 개의 선택지 중 하나를 고르면 되는 간단한 게임. 에어컨 없는 여름 vs 난방 없는 겨울. 집에서 서서 자기 한 달 vs 공원 벤치에서 누워 자기 한 달. 토마토맛 토 vs 토맛 토마토. 당신의 선택은? 무슨 그런 싱거운 게임이 있냐고 핀잔하던 사람도 막상 시작하면 이게 이렇게까지 진지할 일인가 싶어지는 게임. 이 게임의 특징은 선택지가 극단적일수록 재미가 극대화된다는 것이다. 자극적이고 황당한 선택지일수록 숙고의 시간은 길어진다. 그런데 어쩌다 선택이 놀이가 되었을까? 선택은 늘 두렵고 피곤한 일이었는데.

　아닌 게 아니라 선택은 인류의 오랜 숙제였다. 세계가 지금과 같은 모양으로 존재하는 것은 그간 인류가 해왔던 선택의 결과가 그러하기 때문이며, 당신과 내가 지금 이 모습으로 존재하는 이유도 마찬가지다. 우리는 매 순간 선택의 기로에 있다. 삶은 선택,이라고 말해도 전혀 어색할 것이 없다. 죽느냐 사느냐를 고민하던 햄릿부터 인생에는 간 길과 가지 않은 길, 두 길이 있노라 노래한 로버트 프로스트, 〈끝없이 두 갈래로 갈라지는 길들이 있는 정원〉의 작가 호르헤 루이스 보르헤스에 이르기까지 선택을 피해 갈 수 있는 인간은 없다. 선택에 능한 사람과 상대적으로 그렇지 못한 사람은 있을지라도.

　나의 경우, 작은 선택 앞에선 번번이 절절매면서도 큰 선택 앞에선 의외로 대범할 때가 많은 유형이다. 이를테면 당장 오늘 저녁 메뉴를 고르라면 결정을 미루겠지만 삶의 큰 틀을 결정하는 문제에 있어서는 성큼성큼일 때가 많다. 대학에 다닐 무렵, 대부분의 친구들이 취업 스펙 쌓기에 여념이 없을 때 아르바이트한 돈을 모아 두세 달씩 훌훌 배낭여행을 떠났던 일 같은. 그때의 나는 용감하다기보다 무모했다. 중국어를 전공하면서도 그 흔한 유학 한 번 간 적 없고 HSK나 토익시험 한 번 본 적 없는 게 자랑이라면 자랑이었지. 카메라를 목에 주렁주렁 걸고 다니며 이 기록이 나중에 다 쓸모가 있을 거라니까, 3년 후엔 책이 되어 있을 테니 두고 봐라, 성실히도 그러모으던 기억(정말로 그 이야기는 《흩어지는 마음에게, 안녕》(서랍의날씨, 2017)이라는 책이 되어 세상에 나왔다). 그렇게 호기로웠으면서 막상 대학을 졸업하자 쓰나미급 불안이 밀려와 남몰래 모 기업에 원서를 넣었던 적이 있다. 살면서 딱 한 번, 대기업 입사 경쟁을 경험했던 것인데 어, 서류 통과? 어, 실무진 면접 통과? 어, 최종 임원 면접에 오라고? 세 명 중 한 명을 가려 뽑는 자리에서 똑 떨어지고야 말았다. 지루한 표정으로 서류만 들춰보던 면접관, 눈도 안 마주치고 물었지. 1번 지원자는 왜 토익 점수가 없지?

그때 구직 활동을 계속했더라면 지금과는 다른 인생을 살게 되었을까. 그러나 그런 경험은 한 번으로 족하다, 그 길은 내 길이 아니다 결론 내리고 곧바로 대학원에 진학해 시를 썼고, 숱한 탈락과 경제적 곤궁 속에서도 그 선택을 후회해본 적은 없다. 문을 열면 낯선 곳이었고 아 여기가 아니구나 싶은 순간도 많았지만 다시 돌아간다 해도 같은 선택을 할 것이다. 읽고 쓰는 자로 살아가는 삶을. 무엇보다 시를. 선택은 테니스 경기가 아니어서 아무리 좋은 라켓으로 공을 쳐 넘긴들 반대편에서 돌아오는 공은 없다. 혹시나 하는 마음으로 던지고 또 던져도, 사라진 공은 사라진 공일 뿐이다. 결혼을 결심하고, 이사할 집을 고르고, 반려 화분을 들이고, 스스로 세상을 등진 친구를 보러 가기 위해 기차를 탈 것인가 비행기를 탈 것인가를 고민하는 순간에도 우리는 누구나 라켓을 든 혼자다. 언제나 밤은 쉽게도 왔고.

적화는 사과 농장에서 자주 쓰이는 말이다. 과실수에 꽃이 맺히면 열매에 가야 할 영양분이 분산될 수 있으니 때 되면 꽃망울이나 꽃을 솎아 따줘야 한다. 꽃뿐 아니라 열매를 솎아내야 할 때도 있는데 꽃을 따면 적화, 열매를 따면 적과라 부른다. 꽃이야 열매를 위해서라고 위안 삼는다지만 열매를 버리는 마음은 오죽할까 싶다. 물론 좋은 상품을 얻기 위해서는 필요한 과정일 테고 남기거나 버릴 과실을 정하는 기준도 있겠지만 열 손가락 깨물어 아프지 않은 손가락이 어디 있겠는가. 애지중지 키운 가축들을 살처분하거나 헐값이 된 꽃값 때문에 부득불 꽃 더미 위에 올라 전지가위를 들고 장미 목을 잘라내야 했을 농장주의 얼굴을 상상하면 마음이 새카맣게 타들어간다.

이것을 위해 저것을 포기하는 일이 삶임을 부정할 수는 없다. 다만 포기에도 여러 방식이 있을 것이다. 열매라는 과욕 때문에 이파리를 부숴뜨리는 일은 없도록, 파괴, 파쇄, 폐기보다는 감내, 수용, 인정의 방식으로 이루어지는 포기는 없을까.

우리에게 주어진 선택지는 더 파괴되거나 그나

마 덜 파괴되는 쪽, 최악과 차악 중 하나를 골라야 하는 경우가 대부분일 것이다. 그러나 그렇다 해도 괜찮다. 내게는 시가 있으니까. 시는 파괴의 잔해들, 파쇄되고 폐기된 시간을 그러모으는 손으로 쓰이니까. 우는 손이 슬픔을 알아보고 쓰다듬는다. 악몽에 시달리는 손이 빛을 뒤적인다. 열매를 위해서 적화했던 순간들을, 손은 전부 기억한다.

밀코메다

얼마 전 마를 한 상자 선물받았다. 마 특유의 미끈거리는 '뮤신' 성분이 위에 그렇게 좋다면서, 잦은 소화 불량에 시달리는 나를 걱정해준 것이었다. 평소 요리를 좋아하고 새로운 식재료에 호기심도 많은 편이라 겁 없이 마를 집어 들었다. 맨손으로 껍질을 깠다. 들기름에 노릇노릇 구워 먹을 생각에 군침까지 흘려가면서.

잠시 뒤 손등이 무섭게 부풀기 시작했다. 흐르는 수돗물에 대고 있어도 효과가 없었다. 검색을 해보니 마 껍질에 알레르기 반응을 보이는 사람들이 종종 있는 모양이었다. 평소 꽤나 건강한 편이라고, 못 먹는 음식이나 알레르기 같은 건 없다고 자신해왔는데 이럴 수가. 서른여섯 해나 데리고 산 몸뚱이인데도 나는 나를 참 모르는구나 싶었다.

불쑥 머리를 스치는 문장이 있었다. 몇 년 전에 쓴 〈비롯〉이라는 시의 한 구절, "보드라울 줄 알고 겁 없이 만진 복숭아 때문에 / 벌겋게 부어오르는 손이 있다는 것 / 그건 조심성이 없어서가 아니라 / 손의 주인도 알지 못하는 시간의 일이라는 것"이라는 문장이었다(《밤이라고 부르는 것들 속에는》, 현대문학, 2019). 아직 오지 않은 시간, 우리가 흔히 미래라고 부르는 시간은 어떤 모습으로 다가오는 것일까 혼자 상상하며 써 내려간 문장이었는데 그 문장을 이런 식으로 겪게 될 줄은 몰랐다. 복숭아가 마로 바뀌었을 뿐 부어오른 손은 시에만 존재하는 상상의 손이 아니라 진짜 내 손이었던 것이다.

문장이 가지고 있는 주술적 힘. 아플 것이라고 쓰면 정말로 아프게 되고, 일어날 것이라고 쓰면 정말로 일어나게 된다는 것을 또 한번 배운다. 앞으로 올 시간과 지금 이 시간은 긴밀하게 연결되어 있다는 것도. 그러니 이런 발상도 가능할 것이다. 우리는 흔히 과거와 현재의 결과로서 미래가 존재한다고 생각하고, 그래서 성실하게 나아가고 발전할 것을 끊임없이 요구받지만, 미래는 이미 완성형으로 존재하고 있는지도 모른다. 완성된 미래가 어느 날 갑자기 사고처럼, 폭죽처럼 펑! 우리 앞에 끼어드는 것일지도.

모든 것은 운명의 이름으로 정해져 있으니 열심히 살 필요가 없다는 이야기가 아니다. 그보다는 우리에게 주어진 시간의 신비를 좀 더 깊이 체감하며 살 수 있기를 바라는 마음이다. 열 길 물속은 알아도 한 길 사람 속은 모르는 게 인간이듯이, 삶이라든가 시간이라든가 하는 것들의 속을 모르겠다고 불안해하지 말고 서퍼처럼 즐기며 파도를 타보자는 것.

그런 의미에서 '밀코메다(Milkomeda)'는 내가 아는 가장 아름다운 상상적 현실이다. 미 항공우주국(NASA)에 따르면 현재 우리 은하의 이름은 '밀키웨이

(Milky Way)'인데, 약 40억 년 뒤엔 안드로메다와 충돌해 새로운 은하가 탄생할 것이라고 한다. 그렇게 탄생한 새 은하의 이름이 (밀키웨이와 안드로메다의 합성어인) 밀코메다라고. 40억 년이라니, 겨우 열 개뿐인 인간의 손가락으로는 가늠조차 할 수 없는 시간이다. 그러나 그 먼 시간에게도 이름이 있다. 내일, 한 달 뒤, 1년 뒤, 10년 뒤에게도 없는 이름이.

　없음의 있음을 기약하며 이름을 붙이는 행위. 그것이야말로 시의 임무가 아닐까. 미래의 내가 어떤 모습으로 살고 있을지, 복숭아나 마 아닌 무엇이 언제 또 나의 손을 부풀게 할지 알 길 없지만. 그 시간을 통과해왔기 때문에 마를 만질 땐 꼭 장갑을 끼는 사람이 될 수 있었다. 그러니 오늘의 나는 오늘 쓸 수 있는 문장을 쓰면서 이곳의 나를 찾아올 밀코메다의 시간을 기쁘게 맞이하고 싶다. 와야 할 시간은 기필코 오게 되어 있다. 그럴 때 나의 인사는 "왜 왔어?"가 아니라 "왜 이제야 왔어"이기를 바라며.

묘실

영화 〈더 디그〉를 보고 난 오후는 안갯속처럼 뿌옜
다. '구멍, 땅 등을 파다(dig)'라는 뜻의 영화는 제2차
세계대전 바로 직전의 영국, 어느 무명 고고학자의
놀라운 발견을 다룬다. 그는 한 여인의 의뢰로 그의
사유지에 있는 무덤을 발굴하게 되는데, 땅속에서
발견된 것은 무려 6세기 앵글로색슨족의 함선이었
다. 그 배는 도구로서는 쓸모를 다한 나무판자에 불
과하지만 과거의 시간을 붙들고 있다는 점에서 조금
도 쓸모없지 않다. 그 배는 현재의 우리에게 엄청난
파장을 불러일으킨다. 경제적으로도, 역사적으로도,

문화적으로도, 심리적으로도.

영화를 읽어내는 길은 여러 갈래일 것 같다. 고고학자라면 실증적인 가치를 먼저 따질 것이다. 실화를 바탕으로 한 만큼 재현된 영상에 오류는 없는지, 실제 발굴 현장과 비교했을 때 과장되거나 부족한 측면은 없는지 등등. 철학자라면 순간과 영원에 관한 사유를 이어갈 것이다. 인간-삶의 유한성을 깊이 성찰하면서, 시간이란 무엇이며 존재한다는 것은 무엇인지 대답 불가능한 질문 앞으로 우리를 데려갈 것이다. 사랑이라는 가치를 중히 여기는 사람이라면 내면을 발굴해나가는 과정을 통해 거짓된 사랑을 버리고 진정한 사랑을 찾아 나서는 이의 용기에 주목할 것이다. 역사학자라면 아무도 주목하지 않았던 무명의 이름이 얼마나 중요한 역사의 한 페이지를 이루었는지를 진중히 살필 것이다. 영국 특유의 광활한 대지, 근사한 영상미에 주목하는 이도 물론 있을 것이고. 아무쪼록 빛나는 접촉면이 너무 많아서 어느 면을 먼저 만나든 결국에는 반하고 말 영화였다. 너무너무 좋았더라는 한마디를 왜 이리 길게 하고 있는지.

　나의 경우, 위에서 언급한 모든 경우에 더하여 시인으로서의 정체성을 이야기해볼 수 있겠다. 이 영화는 나에게 '묘실(墓室, tomb)'이라는 단어를 살아보게 해준 영화였다. 거대한 둔덕 아래 파묻힌 배, 그 안에서도 가장 심층적인 위치에 묘실은 자리해 있다. 인간의 몸에서는 심장에 해당될 만큼 깊고 중요한 공간. 그렇기에 바깥의 인간이 묘실에 다다르기까지 둔덕을 허물고 땅을 파고 배의 뼈대를 만나고 다시 그 안으로 진입해 들어가는 아주아주 지난한 시간이 소요됐을 테고, 바로 그곳에서 대영박물관이 탐낼 만큼 귀중한 물건들이 대거 발견될 수 있었다. 가장 먼 곳 중에서도 가장 먼 곳, 가장 깊은 곳 중에서도 가장 깊은 곳이었기 때문에.

　나의 묘실에는 무엇이 담길까. 왕의 묘실처럼 촛대, 은반지, 왕관 같은 금품은 아니더라도 나를 닮은 무언가가 하나쯤은 있었으면 싶은데. 나의 책들? 사랑하는 사람들과 함께 찍은 사진들? 어두컴컴한 땅속에 자리할 나의 묘실을 한 편의 시로 묘사해보려 했는데 생각이 쉽게 이어지지 않는다. 아직까지는 죽음을 멀게 생각하는 모양이다.

그런데 정말 그럴까. 묘실은 멀리에, 육체적 죽음 이후에만 가능해지는 공간일까. 묘실이 한 존재의 죽음을 담는 그릇이라면, 산 자에게도 얼마든 존재할 수 있지 않을까. 우린 매일매일 이별하고 매일매일 죽으며 살아가는 존재들이니까. 일력을 떼어내듯 자정이 되면 나를 한 겹씩 벗겨내고, 벗겨낸 만큼 단출해진 영혼으로 또 하루를 맞이하는 존재들이니까. 투명한 허물을 담아놓는 옷장, 어제의 허물과 마주 앉아 밥 먹는 식탁, 허물 위로 허물이 쌓여가는 침대… 그렇게 무한 증식하는 나의 작은 죽음들, 허물들의 거처인 내 작은방, 현관을 나서면 이어지는 미로 같은 골목들, 나의 반경, 이 좁디좁은 세계가 전부 묘실인 것은 아닐까.

우주에서 보면 지구는 작고 푸른 구슬, 희미한 얼

룩, 오래전 잊힌 무덤일지도 모르겠다. 여기 아직 사람이 살아요. 가망 없어 보이지만 숨겨진 보물이 있을지도 모르잖아요. 메이데이, 메이데이, 난파 구조 신호를 보내며 발굴을 기다리는 섬.

내가 쓸 수 있는 건 죽음 이후가 아니라 죽음 같은 삶으로부터 기인한 문장이다. 이 거대하고도 비좁은 묘실에서 보물인 줄도 모르는 보물들과 종종거리며 살아가는 이야기. 헛되고 헛되다는 말을 반찬 삼아 갓 지은 밥 앞에서는 주먹을 불끈 쥐는 이야기. 고고학자나 철학자의 사유보다는 허무맹랑하겠지만 그래도 이따금 정해진 선로를 이탈해 우주 바깥으로 상상적 여행을 떠나게 하는 시의 이야기.

파밍

'파밍(Farming)'은 게임에서 캐릭터의 능력을 상승시키기 위해 아이템을 모으는 행위다. 캐릭터의 레벨업을 위해서는 필연적인 과정. 이 대목에서 〈해리 포터〉의 투명 망토나 〈반지의 제왕〉의 절대반지를 떠올렸다면 너무 옛날 사람인가. 맨땅에 헤딩하듯 시작해 오늘에 이르렀다는 성공 신화를 그리 좋아하진 않지만 게임 바깥의 세상에서도 파밍이 가능했으면 싶을 때가 있다. 가도 가도 제자리인 것 같은 기분이 들 때. 세상엔 (그게 뭐든) 잘하는 사람들이 (나 빼고) 왜 이렇게 많은가 싶고, 그래서 내 자신이 콩알만 해 보일 때(제 목소리가 들리세요? 설마 제가 보이시는 거예요?). 요행에 기대지 않는 성실함을 무시하는 것은 아니지만 그래도 빛나고 탁월하고 무릎을 탁 치게 만드는 어떤 것, 황금알을 낳는 거위라든가, 괴력을 발휘하게 하는 슈퍼맨의 슈트 같은 것을 몸에 장착할 수만 있다면(예를 들수록 쑥스러워지는 이유는 뭘까) 세상을 보는 시각이 완전히 달라졌을지도 모르겠다. 그러나 그런 아이템이 진짜로 존재할 리 없겠지.

파밍이라는 단어로부터 '자기계발', '자아실현' 같은 단어를 연상했다면 아마도 당신은 세상에 지칠 대로 지쳐 있을 가능성이 높다. 게임 속 파밍의 목적은 아무래도 수평적 확장보다는 수직적 상승에 초점이 맞춰져 있으니 말이다(이왕 시작한 거, 현질을 해서라도 만렙을 찍어야 하지 않겠는가!). 그래서 청개구리 같은 심보가 생겨나는가 보다. 게임 세계에서 통용되는 파밍 말고, 예술의 영토에서, 좁게는 글쓰기의 영토에서 행해지는 파밍을 상상하고 실현하고픈 마음.

예술의 영토에서 이루어지는 파밍이란 무엇일까.

당연히 글쓰기에도 아이템은 필요하다. 전문용어(?)로는 글감, 소재 같은 표현이 있겠다. 이따금 쓸 것(혹은 쓰고 싶은 것)이 고갈되어 '못' 쓰겠다는 학생들을 만날 때가 있는데 그럴 때마다 번번이 되돌려주는 말이 있다. 만일 네가 충분한 시인이라면 그런 보잘 것없음에서도 시를 불러내겠지. 우리에게 일어난 모든 일은 모두 처음 있는 일이며 "그 하나하나가 신의 시작"임을 왜 깨닫지 못하니. 물론 이런 멋있는 말은 내가 아니라 《젊은 시인에게 보내는 편지》(고려대학교출판부, 2006)에서 대문호 릴케가 했다. 나는 릴케 뒤에 빼꼼 숨어 한마디를 더 보탠다. 쓸 수 없다면 쓸 수 없는 마음이 왜 자신을 찾아왔는지 생각하고, 아무것도 쓸 수 없는 마음을 의인화해서 쓰는 노력이라도 보여라! 이런 스파르타식 교육 덕분인지 지난 학기 개설된 창작 강좌에는 '시 사관학교'라는 별명이 붙기도 했다(좋은… 거겠지?).

세상 어떤 것도 일반화할 수는 없겠지만 적어도 나의 경우에는 강한, 성공한, 완벽한 사람이 되려고 쓰는 것 같지는 않다. 약하다 못해 순두부처럼 물렁거려도, 늘 실패하더라도, 구멍 뚫린 봇짐을 이고 지고 가느라 흘리고 놓치는 게 일상이어도, 내 영혼이 세상과 닿는 접촉면이 점점 더 넓어지기를 바라며 쓴다. 그래서 파밍한다. 무기, 금화, 마법도구 등 하여간 돈 되는 것들만 제외하고(이 지점이 늘 엄마의 불만이었다) 나를 스쳐 지나가는 이야기를, 장면을 줍는다.

그러니까 이런 조각들. 새봄을 맞아 묵은 겨울 외투를 세탁하려고 세탁소 수거 기사님을 호출했다. 세탁 외에 수선을 희망하는 옷이 있어 이걸 이렇게 좀 해주실 수 없을지요 요청하려는데 "저는 수거만 하는 사람이에요"라는 답변이 돌아온다. 기사님이 가신 뒤 노트를 펼쳐 '수거만 하는 사람'이라는 문장을 파밍했다. 죽음을 수거해가는 사람, 시간을 수거해가는 사람이라는 문장을 이어 적거나, '수거만'의 '만'이라는 한정격 조사에 오래 붙들려 있기도 한다. 또 어느 날엔 급하게 퀵 서비스를 보낼 일이 있었는데 너무 중요한 물건이어서 기사님께 거듭 당부를 했다. 꼭 담당자 손에 쥐여주셔야 해요. 문 앞에 두고 가시면 안 돼요. 이 작은 상자에 제 인생이 달렸거든요. 그때 기사님은 무슨 물건 하나에 인생까지 운운하나 야단하지 않으시고 믿음직하게 나를 다독이셨다. "걱정 마세요. 제가 별별 것을 다 옮겨봤거든요. 동물도 옮기고 음식도 금괴도 옮기는데 이런 것쯤은 일도 아닙니다. 한번은 오토바이에 김치를 싣고 가는데 국물이 새서, 도로에 빨간 핏물을 줄줄 흘리며 달렸다니까요. 껄껄."

그런 천진한 목소리들. 아무것도 아닌 하루들. 나의 파밍은 폭력에 일조하며 침범 불가능한 제국을 건설하기 위함이 아니라 너른 들판에 양을 풀어놓는 방식으로 이루어진다. 이따금 깊은 밤이 찾아오면 들판에 쪼그려 앉아 양들에게 말을 걸어보기도 한다. 너는 어떤 시가 되어줄 거니. 어떤 이에게 어떻게 흘러갈 생각이니. 생각이, 있기는 있니. 메에 메에. 양들은 그저 울기만 한다. '말 시키지 마'라는 말 같기도, '정신 차려'라는 말 같기도 한 나의 양들이.

기저선

수업을 하다 보면 별별 순간을 맞닥뜨리게 된다. 시를 나누는 일은 종이에 인쇄된 검은 글자를 읽는 일 이상의 무엇이어서, 의도치 않게 그 사람의 마음을 열어젖히고 그의 시간 속으로 불쑥 얼굴을 들이밀게 될 때가 있다. 기억나는 에피소드도 많다. 초등학교 1학년 학생들과 함께 동시 쓰기 수업을 하던 날, 그렇게 어린 학생들을 대해본 경험이 없어 준비해 간 수업의 절반도 하지 못하고 돌아왔던 기억이 난다. 그림책 《마음의 집》(창비, 2010)을 함께 읽고 각자의 마음의 집에 무엇이 있는지를 적고, 시로도 이어

써볼 생각이었다. 그런데 그림책 표지를 보여주자마자 한 아이가 으앙~ 하고 울음을 터뜨리는 게 아닌가. 표지에 그려진 얼굴이 파래서 너무 무섭다는 것이다!(심지어 거울로 자기 얼굴을 보고 있어서 파란 얼굴이 두 개나 있었다!) 겨우겨우 아이를 달랜 뒤(40분 수업이었는데 아이를 달래느라 5분이 갔다) 질문을 건넸다. "우리 마음은 어디에 있을까?" 대부분의 아이들은 왼쪽 가슴, 심장이 있는 곳을 가리켰지만 이런 놀라운 대답을 한 친구도 있었다. "마음은 모든 곳에 있어요!"

그래, 초반에 살짝 위기가 있었지만 그래도 제대로 흘러가고 있어! 속으로 야호를 외치며 흰 종이 위에 '마음의 집'을 그려보자 했다(A4용지를 한 장씩 나눠 주느라 또 5분이 갔다). "마음의 집은 어떤 모양일까? 동그라미? 네모? 별 모양? 마음의 집을 다 그린 사람들은 마음의 집에 사는 단어들도 적어보세요!" 사랑, 미움, 꿈, 꽃, 엄마… 그런 아름다운 단어들이 차곡차곡 적히겠지? 한껏 기대에 부풀어 교실을 한 바퀴 돌았는데, 음… 그날 수업은 집만 그리다 끝났다. 동시

쓰기 시간인지 미술 시간인지 알 수 없게.

시각장애인 학생들과 함께한 수업도 생각난다. 대체로 시 수업은 인쇄된 시를 나눠 읽고 감상을 나누는 방식으로 진행된다. 그런데 그날은 그 방식이 불가능해서 고민이 깊었다. 아무래도 내가 직접 시를 들려주는 수밖엔 없었다. 그러자니 우선 길이가 적당해야 했고, 듣는 것만으로도 장면이 선명하게 그려지는, 묘사가 탄탄한 시편들을 주로 선별하게 됐다. 생각해보니 그것은 시의 이미지의 본질이었다. 읽어서 아는 시도 좋지만 듣는 순간 그려지는 시. 펼쳐지는 시. 학생들은 굳이 설명하지 않아도 이미지의 본질을 꿰뚫고 있었다. 수업 구성원들을 이미지로 표현해보자는 요청에도 온갖 비유들이 터져 나왔다. A는 바다 위로 솟구치는 돌고래 같아요. K는 뿌리가 단단한 나무 같아요. 무엇이든 그릴 수 있는 빈 캔버스, 서랍 속에 감춰둔 귤, 굳게 잠긴 자물쇠를 열 수 있는 단 하나의 열쇠… 그것이 전부 그 아이들의 이름이었다.

"여러분, 연상을 해봅시다. 연상이란 무엇일까요?" 물으면 "누나요~!" 소리치며 낄낄거리던 중2 남학생들도 잊을 수 없고(쉬는 시간이 10분인데 그 짧은 시간 동안 운동장에 나가 축구를 하고 오다니!), 한낮의 도서관, 50~60대 어머님들과 함께 시 읽던 날들도 잊히지 않는다. 간병, 관계의 불화, 죽음, 상실의 기억으로 채워진 그곳에서의 시를 감당하기에 스물여섯의 나는 너무 어렸지만, 수업이 끝나면 근처 공원 벤치에 앉아 초코 우유를 쪽쪽 빨아 먹던 시간만큼은 아직도 선명하다. 말에 짓눌리지 않으려면 단것이 필요했다. 충분한 침묵의 시간도. 겁이 났기 때문이다. 이 목소리들을 다 어쩐담. 모든 존재 안에 고여 있는, 이 모든 고유하고 절대적인 슬픔들을 다 어쩌면 좋지.

시를 매개로 만난 숱한 인연들에게 이제야 고백한다. 비록 '선생'이라는 종이호랑이 같은 호칭으로 불리었으나 그 칭호는 아무래도 어색하고 부끄럽다고. 다만 내가 할 수 있고 해야 하는 역할은 모든 존재의 '기저선'을 그리게 하는 일 같다고. 기저선은 내

가 무척 아끼는 단어 중 하나다. 심리학 용어로, 처치
(치료)에 앞서 긋는 선을 일컫는다. 행동을 수정해나
가기 전 기초선을 먼저 측정하는 것이다. 지금 내 상
태가 어떤지, 지금 내 삶이, 슬픔이, 영혼의 두 발이
어디에 있는지 금을 긋고 바라보는 과정이 선행되어
야 내가 어디로 얼마만큼 왔는지 알 수 있을 테니까.
미술 치료에서는 '공간을 구분하는 기준선'을 뜻하
기도 한다. 기저선을 긋는 순간 땅이 생겨난다. 자연
히 선 위는 하늘이 된다. 백지 위에 선 하나를 그었을
뿐인데 공간이 생기고 시간이 열리는 것이다.

　이제 우리의 목표는 출발이다. 뒤돌아보지 않고
가는 것이다. 이전과는 다른 내가 되기 위해서, 슬픔
을 잊기 위해서, 자유로워지려고, 기억을 붙들고 싶
어서… 각자의 출발 요인은 전부 다를 것이다. 도달
하고자 하는 세계도, 세계의 끝에서 마주하게 되는
장면도 전부 다르겠지. 그러나 기저선을 그어두었으
므로 우리는 알 수 있다. 내가 이렇게나 멀리 흘러왔
구나. 아니구나, 저 주홍글씨 같은 선으로부터 한 걸

음도 멀어지지 못했구나. 뒤돌아보면, 파도에 쓸려가는 발자국들.

기저선을 긋는 손. 점멸하는 불빛 같고, 물 위에 놓인 꽃잎 같은. 그 손은 익숙한 슬픔으로부터 왔다. 살아 있다는 이유로 필연이 되는, 그 흔하디흔한 슬픔으로부터.

네온

몇 주째 한 문장도 쓰지 못했다. 근래 들어 꽤 자주 이러한 상태가 찾아온다. 뭘 봐도 삼투가 안 되고 뭘 써도 마음이 실리지 않는 상태. 번아웃, 슬럼프, 권태기, 방전 등 이러한 상태를 호명하는 세상의 단어는 많다. 글쓰기에도 쉼이, 저녁이, 방학이 필요하다는 뜻일까. 예전 같았으면 7시간이고 8시간이고 컴퓨터 앞에 앉아 양을 몰 듯 억지로라도 쓰려 했겠지만 이제는 그러지 않는다. 양들이 제멋대로 흩어지고 시야 밖으로 빠져나가도 초조해하지 않는다. 양들에게도 나를 벗어나 비밀스럽게 존재할 시간이 필요할 테니까. 얼마가 걸리든 흘러가게 둔다. 그러다 보면 한 마리 양이 슬며시 다가와 눈을 맞추고 제 이야기를 들려주는 저녁도 오기 마련.

이 글은 그러한 저녁의 결과다. 그간 나의 메모장에는 수십 개의 단어들이 새로 적히고 있었다. 모두 다 제 몫의 우주를 지닌, 실타래 같은 단어들이었다. 프로라면 어떤 단어가 주어져도 한 편의 근사한 글을 적을 줄 알아야 한다고 스스로를 몰아세우다가도, 그렇게 쓰인 글에 내가 실리지 않으면 그게 다 무슨 소용인가 싶었다. 단어에 대한 이야기를 적기로 마음먹었을 때 세웠던 준칙을 다시금 상기해보았다. 단어를 자석이라 생각하고 몸에 착 붙여볼 것. 시간이 지나도 계속 몸에 착 붙어 있다면 그건 나의 것이지만 자꾸만 바닥으로 툭툭 떨어져버린다면 제아무리 근사한 단어일지라도 내 것이 아님을 인정할 것.

그리고 인정했다. 지금 내 몸은 뭔가를 쓸 수 있는 몸이 아니라고. 나는 지금 '무색무취무미'의 상태를 통과 중이며, 이토록 무색무취무미한 시간을 다시 생기 있고 빛나는 무언가로 탈바꿈시키기 위해서는 특단의 조치가 필요하리라고. 삶의 페이지 안에 책 갈피처럼 끼워두었던 기억을 찾아 나서야 할까, 깨진 거울 조각이 품고 있을 얼굴을 들여다봐야 할까, 지난한 뒤척임이 이어졌다.

그러다 '네온'이라는 단어를 만났다. 네온사인으로 가득한 밤거리를 수없이 지나치면서도 네온이라는 단어가 궁금했던 적은 없었는데 우연히 네온사인의 제작 과정을 알게 된 후로는 네온이라는 말만 보면 몸에 찌릿찌릿 전류가 흐르고 그 말이 몸에 붙어 떨어지지 않았다. 네온은 '새롭다'는 뜻의 그리스어인 'neos'로부터 유래하였고 맛, 색, 냄새가 없는 안정된 기체라고 한다. 네온사인을 만들기 위해서는 우선 공기를 분별 증류하여 네온이라는 기체를 추출해야 하며, 그렇게 얻은 네온을 다시 유리관에 넣어 방전시키는 과정이 필요하다. 우리가 아는 네온의 색은 밝은 주황이지만 수은, 산소, 질소 등 유리관에 어떤 기체를 넣느냐에 따라 색이 달라질 수도 있다.

백과사전식 지식을 따라 읽은 것뿐인데도 무릎을 탁 쳤다. 여기도 어김없이 시가 담겨 있구나, 세상 모든 것은 전부 시이구나, 싶어서.

나와 네온에게는 무색무취무미의 상태라는 공통점이 있었다. 그런데 어떤 방전은 한 사람을 거대한 웜홀에 빠뜨려 아무것도 쓰지 못하게 하고 어떤 방전은 놀라운 주황빛이 된다. 기로에 선 기분이었다. 이따금 독자들을 만날 때마다 한 번도 빼놓지 않고 받는 질문이 있다. 시가 잘 써지지 않을 땐 어떻게 하시나요. 슬럼프를 어떻게 극복하시나요. 시의 자리에 삶을 놓아도 통용되는 질문이다. 빈도와 강도는 다를지라도 우리는 누구나 무색무취무미의 시간을 겪는다. 일에 있어서도 관계에 있어서도 늘 온전할 수만은 없다. 시인이라고 무슨 뾰족한 답이 있겠는가. 소설은 왼쪽에서 오른쪽으로 쓰는 거라는 어느 소설가의 말도 있잖아요. 그러니 왼쪽에서 쓸 수 없다면 오른쪽부터 다시 시작해보면 되지 않을까요? 지금까지는 그렇게 능치듯 상황을 모면해왔는데 이제부터는 조금 다른 답변을 해야겠다는 생각이 들었다. 네온의 방전은 빛이 된대요. 방전에도 쓸모가 있어요. 그러니 방전되세요! 아예 두꺼비집을 내리자고요!

지금 이 시간을 '방전의 시'라고 부를 수 있을까. 무색무취무미한 기체여서 쓰일 수 있는 시. 그러니 여러분 우리 일어나지 말아요. 이불 속에 그냥 있어요. 몸을 일으켜야 한다는 강박에 사로잡히지도 말아요. 여러분은 방전의 시를 쓰고 있는 중이니까요. 밤엔 밤에 어울리는 사람이 되어야죠. 멀리서 보면 네온사인처럼 보일 거예요. 꿈과 희망은 내일 날 밝으면 해요 우리.

불리언

뜬금없는 고백이지만 나는 알아주는 기계치다. 노트
북을 사러 갔는데 어떤 사양을 필요로 하냐는 점원
의 물음에 이렇게 답한 적이 있다. 한글 작업을 할 수
있고 인터넷 검색이 용이하면 됩니다. 점원분의 황
당해하던 표정이 아직도 잊히지 않는다. 옳다구나
비싼 녀석으로 팔아볼까 나쁘게 마음먹지 않고 가장
기본 사양, 보급형이면 충분하겠다고 응대해주셨던
점원분 복 받으실 거예요. 원고 작업을 하는데 얼마
전부터 드래그가 매끄럽게 되지 않고 문단이 마구
잡이로 뒤섞인다고, 아무래도 노트북에 이상이 생긴

것 같다는 나에게 "응 희연아 그건 마우스 문제이니 마우스를 새로 주문해줄게" 이야기해준 남편도 고맙습니다. 병의 원인과 치료법, "치병과 환후는 각각 따로인 것"(〈혼자 가는 먼 집〉, 《혼자 가는 먼 집》, 문학과지성사, 1992)이라던 허수경 시인의 시구가 생각나네요. 매일 이렇게 헛발질하는 삶에도 적응이 되어간다니 큰일이고요.

　과학과 문학이, 컴퓨터와 책이 완전히 다른 것이 아님에도 나는 여전히 전자의 세계가 낯설다. 한번은 컴퓨터 프로그래밍 용어인 '불리언(Boolean)'에 관해 듣게 됐는데 몇 번이나 친절한 설명을 들었음에도 여전히 개념을 제대로 이해한 것 같지는 않다. 그러니까 코딩을 할 때 불리언은 두 개의 데이터만을 값으로 가져. 참(True) 혹은 거짓(False). 알고리즘의 판단에 자주 사용되는데…. 그때 사실 머릿속으론 드라마 〈스타트업〉 생각뿐이었다. 천재 프로그래머 남도산(남주혁 분)이 연인 서달미(배수지 분)에게 인공지능의 '머신러닝'에 대해 설명하던 대목. 무인도에서 평생을 살아온 타잔 앞에 제인이 나타났는데 돌멩이를 주니 싫어하고 꽃을 가져다주니 좋아하더라고. 소리치면 싫어하고 웃어주면 좋아하더라고. 그렇게 경험치를 쌓으며 제인의 마음을 얻는 법을 배워나가는 게 머신러닝의 핵심이라고. 그 이야기를 들은 뒤 달미는 말했지. 어머, 그것참 낭만적인 기술이네!

그날, 불리언에 대해 열심히 설명하던 남편은 집중력이 떨어져 딴짓을 하기 시작한 내게 말했다. 응, 그래. 필요하면 나중에 인터넷 검색해. 타잔과 제인을 예로 들어 설명하지 않아서였을까, 남주혁이 아니어서였을까. (정답은 비밀) 아무튼 그 불리언이라는 것을 나는 이렇게 이해했다. 그거 아주 위험한 명제네. 0을 참이라고 입력했으면 1은 거짓으로 판단한다는 뜻이잖아. 그런 패턴의 사고에 익숙해지는 건 위험한 일 같아. 혹시라도 신이 인간에게 그런 명령을 내리고 있을까 봐 두렵다.

그로부터 며칠 뒤, 기쁜 소식이 전해졌다. 2021년 서울국제작가축제에 초청되었다는 기별이었다. 매

단어의 집

년 관심 갖고 지켜보던 행사였고 국적이나 문화, 언어는 달라도 각자의 자리에서 첨예하게 자기 작업을 일구어가는 외국 작가들과 대화할 기회가 생겼다는 것만으로도 가슴이 쿵쾅거렸다. 본격적인 행사에 앞서 몇 편의 시를 영어로 번역하는 과정을 거쳐야 했는데 그 과정에서 번역가님과 몇 차례 메일을 주고받게 됐다. 번역이 얼마나 고난도의 작업인지 몰랐던 바 아니지만 막상 그 과정을 가까이에서 지켜보니 예상보다 훨씬 쉽지 않음을 실감했다. 이를테면 "감당할 수 없는 속도로 밤이 왔다"(〈여름 언덕에서 배운 것〉, 《여름 언덕에서 배운 것》)라는 문장이 있다. '밤이 빠르게(quickly) 왔다'라고 번역하면 여러모로 경제적일 것이다. 그러나 나는 밤이 왔다는 '사실'을 말하기 위해 저 문장을 적었던 것이 아니었다. 그보다는, 감당할 수 없는 밤의 '상태'에 놓여 있는 화자의 심리적 '진실'을 보여주고 싶었다. 상실 이후 남겨진 사람의 얼굴, 그가 발 딛고 선 땅의 질감과 경도, 밤이 깃든 시간의 온기와 습도 같은 것들을 'quickly'라는 단어 하나로 일축할 수는 없었다. 다행히 번역가 선생님은 나의 고민을 진지하게 받아들여주셨다. 고민은 또 다른 고민으로 이어지며 우리를 참과 거짓의 세계 바깥으로 데려다놓았고.

문학이 하는 일이 바로 그것 아닐까. 손쉽게 참과 거짓을 판명하려는 시스템에 딴지 걸기. 엉뚱 발랄 솔직 진실 버그로 맞서기.

종로에서 뺨 맞고 한강에서 눈 흘긴다는 말이 있다. 원인 제공자에게는 한 마디도 못할망정 애먼 사람에게 화풀이한다는 뜻이다. 모래야 나는 얼마큼 작으냐. 자신의 옹졸한 마음을 겨우 모래에 대고 말하던 시인도 떠오른다. 그런데, 그게 꼭 나쁜가. 아니, 좋고 나쁘고의 문제가 아니라 그럴 수밖에 없는 마음이라는 것도 있지 않을까. 인간은 입력한 대로 산출되는 기계가 아니고, 삶은 참과 거짓으로 쉽게 변별될 수 있는 명제가 아닌데. 당신을 잃어 아픈 마음을 당신에게는 돌려받을 수 없어 치병과 환후는 각각 따로라 고백하는 시인의 목소리에는 얼마나 많은 포기와 인정, 슬픔이 담겨 있는지.

그러고 보면 헛발질도 나름 괜찮은 처세술 같다. 단, 언제든 다시 출발선으로 돌아올 수 있는 천진한 탄성이 있다면. 이 무시무시한 불리언의 세계에 영원한 헛발질로 맞서겠노라 다짐해보는 오후다. 인간으로 살아 있다는 환후에는, 갓 구운 식빵으로 소박하게 치료받으면서.

(추신) "감당할 수 없는 속도로 밤이 왔다"라는 문장은 이렇게 번역되었다. "The night approached at menacing speed." 밤은 빠르게 오는 동안에도 언제나 위협하듯, 험악하게, 절박하게 오는 것이리라.

덮음

절친한 친구 S는 요즘 양자역학에 푹 빠져 있다. 양자역학이 좋은 것인지 김상욱 교수님이 좋은 것인지는 잘 따져봐야 할 문제겠지만, 아무려나 김상욱 교수님 책도 여러 권 사 읽고 양자역학 관련 기사를 검색하다 인상적인 구절이 있으면 링크를 보내주기도 한다. 상대방이 뜨거운 만큼 같이 뜨거워지면 좋으련만 이쪽의 나는 어쩐지 심드렁하다. 그래서 양자역학이 어쨌다는 건데. 무슨 말인지 하나도 모르겠다. 겨우 그런 대꾸만 늘어놓을 뿐.

　그러나 친구는 기세를 몰아 바로 그 점이 양자역

학의 본질이라고 설파했다. 인간은 우주를 이해하기 위해 만들어진 존재가 아니라고 김상욱 선생님이 그랬거든. 이 기사에서도 그렇잖아. 아무도 이해 못하고 검증하지 못한 이론이 많다, 그러니 양자물리학자들도 이해할 생각 말고 "닥치고 계산이나 해라" 말한다고. 그 말이 왠지 모르게 너무 좋더라.

아무래도 친구는 양자역학에 매혹된 것이 아니라 어떻게든 세상을 이해하려는 인간의 노력이 번번이 벽에 부딪히고 수포로 돌아가는 모양을 사랑하는 것 같다.

그날 우리 대화의 방점은 "닥치고 계산이나 해라"에 찍혀 있었다. 세상을 좀 가볍게 살라는 요청이기도, 세상만사 그렇게 심각할 것 없다는 설득이기도 한 말. 사실은 나도 그 말이 왠지 모르게 좋았다. 안 그래도 요즘 내 삶이 젠가 놀이처럼 위태롭게 여겨졌기 때문이다. 아래쪽의 어리석음을 빼내어 위로 더 위로 쌓으며 겨우겨우 면피하는 하루. 그마저도 요령 없이 쌓아 끝내는 우르르 무너져버리는 형국.

예의를 갖춰야 하는 어려운 자리에서도 "베지밀은 A가 아니라 B가 맛있어요" 같은 허무맹랑한 말이나 하는 나여(여기저기 찬물 끼얹고 다니는 사람 바로 저예요). 한의사 선생님이 진맥하시는 손길이 너무 따뜻해서 또르르 눈물을 흘려버린 나여(집 밖으로 나가는 게 많이 힘드세요?라는 말에 기 받아(?) 바로 약 지은 나여). 고대하던 2021년 서울국제작가축제 녹화 날, 세 단어가 적힌 종이를 뽑아 한 문장을 완성하는 퀘스트가 있었는데 '연금' '악당' '동네'라는 난코스에 당첨돼 겨우 이런 문장이나 뱉어버린 나여. "우리 동네 악당은 블랙 위도우 촬영으로 외출 중." 이게 무슨 시인의 문장인가 싶어 잠 못 든 이불킥의 여왕이여. 웃자고 한 말에 아무도 웃지 않았고, 심지어 제시어 중 '연금'은 얼렁뚱땅 넘기기까지 했다. 어찌나 머쓱하던지, 가만히 있으면 중간은 간다는데 꼭 한 마디를 더해서 일을 그르쳤지. "아, 아직 외국은 블랙 위도우 개봉 안 했나요? 하하."

이러니 젠가 블록이 와르르 무너질 수밖에. 나를

들들 볶으며 살 수밖에. 그러니 "닥치고 계산이나 해라"라는 말이 구원이 못 될 이유가 없었던 것이다! '실패를 사랑하라'라는 판에 박힌 말보다 더 시원시원하고 강력한 구원의 말!

　어떻게 사는 게 맞는 건지는 모르겠다. 때로는 양자역학에 마음을 기대고, 때로는 줌바댄스든 방송댄스든 어떻게든 흔들고 털어내면서 한 시절을 견뎌보는 것이겠지. 다만 세상이 어떤 형태로든 나에게 메시지를 전하고 있다는 생각만큼은 지켜내려 한다. 이를테면 올여름 나는 차(tea)에 진심이었다. 여름엔 주로 냉침을 즐기는데, 소량의 뜨거운 물에 찻잎을 먼저 우린 뒤 찬물을 더하는 방법도 좋지만, 시간이 오래 걸리더라도 찬물에 바로 거름망이나 티백을 담가두는 방법을 선호한다. 그렇게 해야 느리게 느리게 물의 색이 변해가는 것을 지켜볼 수 있기 때문이다. 물은 물대로 자신의 자리를 내어주고 찻잎은 찻잎대로 자신의 것을 강요하지 않으면서 스민다. 그 장면은 내가 꿈꾸는 가장 이상적인 관계의 메타포다.

그러나 그보다 먼저 찻잎의 시간이 있다. 우리에게 도착하기까지 모든 찻잎은 다음의 공정을 거친다. 재배, 채엽, 덖음, 유념, 건조. 그중에서도 덖음(찻잎을 불에 볶는 과정)과 유념(찻잎을 비벼서 물에 잘 우러나게 하는 과정)은 차의 맛을 결정짓는 중요한 과정이다. 매일매일 이리 치이고 저리 치이며 세상에 들볶이는 기분과 찻잎의 덖음 사이엔 어떤 유사성이 있을까. 어쩌면 세상도 우리를 들들 볶는, 아니 덖는 과정을 통해 우리를 보다 향기롭고 귀한 찻잎으로 만들려는 것은 아닐까. 물의 세계에 기필코 담겨야 하는 것이 인간의 운명이라면, 물에게서 공포만 볼 것이 아니라 물이 가진 다정함, 안락함, 온화함, 고요함도 한번 믿어보는 것은 어떨까. 이해되지 않는 걸 굳이 이해하려 힘 빼지 말고 그냥 안겨보자는 것. 찻잎이 물의 색을 변화시키듯 그렇게.

그것이 올여름이 나에게 전한 메시지였는데, 그나저나 양자역학 이야기는 어디로 사라진 걸까? 양자역학의 개념 중에 광자(光子, photon)라는 것, (제대로 잘 이해했는지는 여전히 의문이지만) 빛을 여러 개의 입자로 생각할 때 그 하나하나의 입자를 칭하는 말, '빛알'이라고도 불리는 그 말이 참 시적이라는 이야기를 친구에게 들려주려던 참인데. 오늘도 엉뚱한 찻잎 이야기만 하다 시간이 가버렸다. 불현듯 중학교 1학년 생물시간에 개구리를 해부하던 날이 떠오르기도 하고. 6명의 조원들이 메스를 돌려가며 개구리 배를 1밀리미터씩 갈랐지. 그 개구리 참 작았는데. 생각보다 피부가 질겼었는데. 칼을 든 손의 감각이 아직도 남아 있고 이따금 꿈에도 나온다. 그런데 이게 양자역학이랑은 또 무슨 상관이람?

다급히 내린 결론은 이렇다. 심각할 거 하나도 없다는 것. 양자역학으로 시작된 이야기가 중학교 1학년 생물시간에 도착했대도 필연적인 흐름이었을 것이다. 세상 모든 것이 꽉 짜인 규칙 속에서 움직이는데 시 하나쯤 열외로 해도 티도 안 난다. 어차피 시는 비약과 도약의 장르이니까. 그래도 된다. 아니, 더 그래야 한다.

시드볼트

복숭아의 계절이 돌아왔다. 시장에 가니 가게마다
복숭아 상자가 켜켜이 쌓여 있다. 식구가 둘뿐이니
상자로 사기에는 양이 많아 좌판에 놓인 바구니를
살피는데, 상자를 북 찢어 다급히 적어놓은 문구가
눈에 띈다. 절대로 만져보지 마시오. 딱딱한지 말랑
한지, 말랑하다면 얼마나 말랑한지 눌러보는 사람이
많았던 모양이다. 한편으론 이해도 된다. 복숭아만
보면 꼭 한번 눌러보고 싶은 마음이 드는 건 왜일까.
과일 가게 주인뿐 아니라 복숭아의 입장에서 생각해
봐도 폭력적인 행동임에는 틀림없다. 내가 복숭아라

단어의 집

도 싫을 것 같다. 함부로 찌르지 마. 아프단 말이야. 나 지금 멍든 거 안 보이니.

　식구가 둘뿐이어도 복숭아는 금세 사라지겠지. 접시 하나 아래에 받치고, 팔뚝에 국물(?) 줄줄 흘리며 통째로 베어 먹는 복숭아야말로 여름의 축복이고 은혜지. 복숭아 때문에 여름은 더욱 여름다워지고, 사소한 슬픔은 잊히며, 삶의 당도는 올라가겠지. 지금 여기에 이르기까지 한 그루 복숭아나무를 길러낸 태양과 비와 흙, 농부의 정성과 연결될 기회를 포기해서는 안 되지. 결국 욕심을 부려 한 상자를 집어 들었는데 불현듯 '시드볼트'라는 단어가 머리를 스친다. 복숭아나무 씨앗도 시드볼트에 저장되어 있겠지. 한 종(種)의 과일나무가 멸종될 때 인간은 대체 몇 가지의 행복을, 추억을 박탈당하게 되는 걸까. 이 세상에서 사과나무가, 포도나무가, 민들레와 백목련, 자귀나무가 사라진다면? 상상만으로도 눈물이 날 것 같았다. 복숭아 상자를 더 세게 끌어안았다.

　시드볼트라는 단어는 tvN 프로그램 〈유 퀴즈 온

더 블럭〉을 통해 얻은 것이다. 경상북도 봉화에 위치한 국립백두대간수목원은 지구상에 단 둘뿐인 시드볼트 중 한 곳이다. '새로운 노아의 방주' '미래 인류의 씨앗 저장고' 등의 별명으로 불리는 시드볼트는 말 그대로 시드(seed, 씨앗)를 저장해두는 볼트(vault, 금고)다. 기후변화나 핵전쟁 등 지구 차원의 대재난에 대비해 식물의 멸종을 막고자 마련된 공간이다. 시드볼트와 유사한 기관으로는 시드뱅크(seed bank)가 있는데, 시드뱅크는 그때그때 필요한 씨앗을 꺼내 쓸 용도로 마련된 공간이며 그 수도 현저히 많다고 한다(전 세계에 1500곳 정도). 반면 시드볼트는 절대로 열려서는 안 되는 장소다. 시드볼트가 열렸다는 것은 곧 그 종의 멸종을 의미한다. 즉, 시드볼트는 과거나 현재가 아닌 미래를 위해 예비된 장소다. 종말의 순간에야 비로소 열리는 문. 완전히 파괴된, 복원 불가능할 정도로 훼손된 삶을 다시 일으키기 위한 유일무이의 수단.

이야기를 듣는 내내, 문학이라는 두 글자가 겹쳐

졌다. 우리에게는 누구나 자신만의 시드볼트와 시드뱅크가 있을 것이다. 시인으로서의 나에게도 마찬가지다. 시드뱅크의 문은 시를 쓸 때마다 열린다. 저장고에는 수천수만의 서랍이 있고, 서랍 안에 자리한 단어들이 '나를 꺼내주세요! 숨을 불어 넣어주세요!' 외치는 소리가 들린다. 나는 그중 하나를 꺼내 백지 위에 정성껏 심는다. 그 씨앗이 싹을 틔울지 아닐지, 틔운다면 어떤 속도, 어떤 모양으로 자라나 어디로 가게 될지 알 수 없다. 다만 매 순간 기도하며 쓰는 손을 믿을 뿐. '내가 꿈꾸는 사랑이란 뭘까'라는 씨앗을 심으면 "물을 마시지만 물을 침범하지 않는 사랑을 알고 싶었다"(〈측량〉, 《여름 언덕에서 배운 것》)라는 문장이 열린다. '사는 게 너무 버거운 것 같아'라는 씨앗을 심으면 '가고 있다는 사실만으로도 어떤 시간은 반으로 접힌다. 펼쳐보면 다른 풍경이 되어 있다.'(〈여름 언덕에서 배운 것〉, 《여름 언덕에서 배운 것》)라는 문장이 열린다. 그렇게 시의 마지막 문장에 도착한 후에야 나는 비로소 자리를 떠난다. 너의 안녕을 바라, 그러나 내가 이곳으로 되돌아오는 일은 없을 거야, 아쉬운 작별을 고하며.

그러나 수십 편의 시가 나를 관통해가는 동안에도 시드볼트의 문은 굳게 닫혀 있다. 그곳엔 누설하고 나면 내 존재 자체가 공중으로 흩어져버릴 것만 같은 내밀한 이야기들이 저장되어 있다. 지금 당장 매문(賣文)하지 않으면 죽이겠다고 목에 칼이 들어오는 절체절명의 순간까지도 지키고 싶은 나의, 나의 가장 내밀한 장면들. 쓰기까지 엄청난 용기가 필요하고, 쓰고 나서도 번번이 후회로 수렴되는, 아빠 그리고 할머니에 관한 이야기. 그러나 글쟁이로 살아가는 한 언젠가는 어떻게든 시드볼트의 문을 열어야 하는 순간은 찾아올 것이다. 그곳이 나의 폐허, 나의 종말, 그러므로 다시 태어날 수 있는 최초이자 최후의 장소일 테니까.

문학의 좋은 점 중 하나는 슬픔이라고 말하는 대신 복숭아라고 말할 수 있다는 점이다. 슬픔은 안으로 감추고 복숭아 이야기만 실컷 하는 것이다. 그런데도 전해진다. 오히려 여리고, 무르기 쉬운 모습이 실감나게 만져진다. 그러니 이런 문장. 오늘은 복숭아를 샀어요. 복숭아가 너무 복숭아 같았어요. 복숭아 앞에서 복숭아처럼 복숭아를 보다가 복숭아를 안고 돌아왔어요. 이 행간을 타고 흐르는 달콤 끈적한 슬픔이 당신에게도 전해졌으면 좋겠다. 시드볼트에 담긴 진짜 이야기를 하기 위해, 오늘도 나는 슬픔 대신 복숭아라고 말할 것이다. 언젠가는 복숭아의 외피를 두르지 않은, 슬픔의 맨살을 누설하기 위한 준비를.

모탕

한 초등학교에서 있었던 일이다. 태풍의 기세가 심상치 않아 이른 귀가 조치가 내려졌다. 선생님들은 마음이 분주했을 것이다. 수업을 다급히 종료하고, 상황을 설명하고, 학생들을 배웅하고, 교실 뒷정리를 하느라 여념이 없었을 것이다. 그런데 초등학교 1학년 학생 한 명이 갑자기 교실로 되돌아와서는 집에 가기 싫다는 표정으로 선생님께 되물었단다. "선생님, 그런데 태풍이가 왜 우리 학교에 와요?"

그 말이 목석같던 나를 깨웠다. 근래에 들었던 질문 중 가장 놀랍고 아픈 것이었기 때문이다. 놀라움은 아이의 천진함에서 왔을 것이고 아픔은 나의 더께에서 왔을 것이다. 내가 목석같다는 말은 비유가 아니었다. 요즘 내게선 그 어떤 '좋은' 질문도 생겨나지 않았으니까. 질문은 누구나 언제나 할 수 있지만 좋은 질문은, 언제나 아이의 높이에서, 무릎을 굽혀 세상과 키를 맞추어야만 탄생한다는 사실을 잊고 있었다. '세상 그까짓 것 내가 좀 알거든!' 하는 표정으로 허리 꼿꼿이 세우고 살았으니 무엇도 새롭지 않고 무엇도 재밌지 않은 것이 당연했겠지. 그날의 질문은 나에게 '낮은 문'이 되어주었다. 통과하려면 일단 고개부터 숙여야 한다는 점에서.

만일 내가 선생님이었다면 어떤 답변을 했을까. 세상이 아이의 입을 빌려 내게 질문을 해 왔으니 이제 내가 대답할 차례. 생각나는 대로 몇 가지 가능성을 타진해본다.

1. 선생님이 태풍이 혼내줄게.

(이 답변은 문제의 본질을 바로 보지 못하고 마치 현문에 우답

을 하는 것 같다. 아이의 눈높이에 맞춘 답변인 듯 보이지만 사실은 매우 권위적으로, 체벌의 가능성을 설파하는 느낌이라 별로다. 탈락!)

2. 태풍이는 사람이 아니라 기상현상이고, 북태평양 남서부에서 발생하여 아시아 대륙 동부로 불어오는 맹렬한 열대성 저기압을 일컫는 말로….

(가끔은 이런 정확성도 필요하겠지만 그래도 꼭 이래야만 할까? 탈락!)

3. 태풍이가 우리에게 가르쳐줄 것이 있었나 봐. 삶은 끝없는 공부이니 태풍이의 출연으로 우린 많은 것들을 새롭게 배울 수 있을 거야.

(이건 너무 선생님 같은 답변 아닌가? 탈락!)

4. 쓸데없는 생각 말고 얼른 집에 가!

(최악)

5.

어렵다. 오지선다형 문제의 보기 채우기가 이토록 어려울 일인가. 만일 여러분이라면 어떤 문장을 쓰시겠어요? 시 창작 수업 시간이었다면 분명히 5번 보기를 완성하게 했을 것이다. 그리고 함께 이야기를 나누었겠지. 왜 그런 문장을 적었는지, 그 문장이 우리의 무엇을 보여주는지에 대해. 한 줄만으로도 알 수 있다. 한 줄의 문장에는 그 문장을 쓴 이의 가치관, 세계에 대한 이해, 감정, 습관과 한계, 그 모든 것이 담기니까. 5번 보기를 당장 완성하지 못하더라도 성과가 없는 것은 아니다. 1번부터 4번까지의 보기가 적합하지 않다는 것을 인지하는 것만으로도 현재 상태에 대한 충분한 점검이 될 테니까.

글쓰기는 나무 패는 일을 닮았다. 뭔가를 쓰고자 마음먹을 때를 떠올려보라. 처음 생각은 통나무에 가까울 것이다. 그 통나무는 분명 생각의 모태지만 땔감으로 바로 쓸 수는 없다. 땔감이 되려면 우선 통나무를 톱으로 잘라 들어 옮길 수 있는 크기로 만들고, 다시 그것을 여러 번의 도끼질로 쪼개 장작으로 만들어야 한다. 아궁이에 들어갈 만한, 불이 잘 붙을 만한 형식을 갖춰야 한다. 도끼질이 서툴고 능숙하고는 중요하지 않다. 각자가 가진 힘과 믿음의 세기로 내려친다는 사실이 중요하다.

그러나 그보다 중요한 것이 있다. 이 일련의 과정은 언제나 '모탕' 위에서 이루어져야 한다는 사실이다. 모탕은 나무를 패거나 자를 때 밑에 받쳐놓는 나무토막을 말한다. 모탕이 있기에 우리의 글쓰기는 토대를 얻는다. 안정감과 탄력을 얻는다. 결국 모탕은 '좋은 질문'에 다름 아니다. 우리의 처음 질문을 떠올려보자. "선생님, 그런데 태풍이가 왜 우리 학교에 와요?" 이 문장은 너무나 좋은 모탕이다. 잠들어 있던 우리의 정신을 깨우고 진동케 하는 모탕이다. 자, 이제부터는 당신 차례다. 당신은 이 모탕 위에서 어떤 문장(땔감)을 획득할 것인가.

좋은 문장은 쉽게 쓰이지 않기에 나에게도 5번 보기는 여전한 공란으로 남아 있다. 다만 나의 문장 속에 이런 것들을 담고자 고민한다. 태풍이가 우리의 '친구'라는 아이의 믿음을 파괴하지 않으면서, 그러나 태풍이는 무척이나 힘이 세고 두려운 친구이기에 예기치 못하게 우리의 많은 것을 앗아갈 수 있다는 현실을 충분히 일러주면서, 태풍이는 태풍이이기만 한 것이 아니라 두려운 많은 것들의 별명(상징)이 될 수 있음을 또한 설명하면서, 세상 모든 일에 다 이유가 있는 건 아니란다, 가끔은 알 수 없는 일들이 우리를 찾아올 때가 있어, 삶의 비밀을 조금은 누설하기도 하면서.

이 많은 걸 정말 한 문장에 담을 수 있을까? 그러나 좋은 시인이라면, 언제나 그렇게 할 것이다. 아니, 언제나 그렇게 할 때, 그는 좋은 시인일 수 있다.

페어리 서클

근래 들었던 가장 아름다웠던 노래는 "내가 홈이라 불렀던 집(House I Used to Call Home)"이었다. 오디션 프로그램에서 처음 들은 후, 산책을 나설 때마다 반복해서 듣고 있다. 멜로디도 멜로디지만 무엇보다 가사가 보석 같다. 내 유년의 전부였던 집을 떠나며 다음 집주인에게 당부합니다. 내가 홈이라 불렀던, 이 공간을 잘 돌봐주세요. 키를 재던 벽, 첫 키스를 했던 현관 전등 아래, 실연한 후엔 몇 주간 틀어박혀 있던 방. 이곳은 흔하디흔한 '하우스'가 아니라 나의 내밀한 '홈'이랍니다. 이제 나는 추억을 안고 떠나니 당신이 이곳의 새로운 주인이 되어주세요.

노래를 듣는 순간 눈앞에 문이 하나 나타났다. 열고 들어가자 익숙한 집의 풍경이 보인다. 분명 나는 아까와 똑같은 모습으로 멈춰 있는데, 저 먼 시간의 페이지가 갑자기 끼어든 것이다. 그래서 좋은 노래라고 생각했다. 좋은 예술작품은 언제나 '탈것'의 역할을 한다. 순식간에 우리를 어딘가로 데려다 놓는다는 점에서.

시 창작 수업을 할 때에도 꼭 한 번은 '장소'에 관한 이야기를 하게 된다. 에드워드 렐프의 《장소와 장소상실》(논형, 2005)이나 너무나 유명한 고전, 가스통 바슐라르의 《공간의 시학》(동문선, 2003) 같은 책들의 도움을 받아 공간과 장소는 엄밀히 다른 개념이며 인간에게는 텅 빈, 개방된 공간이 아닌 고유하고 특수하며 의미 있는 장소가 필요하다는 이야기를 나눈다. 앞서 언급한 노래 가사에 빗대자면 하우스는 공간, 홈은 장소에 해당된다고 할 수 있겠다. 우리가 글로써 재현해낼 장소가 반드시 유년의 집일 필요는 없다. 꼭 건축물일 필요도 없다. 어떤 공간이든 나의 손때가 묻고 그림자가 포개지고 웃음과 눈물이 스민다면 그곳이 바로 나의 장소일 테니까. 여기까지가 나의 역할이다. 이제 한 주간 학생들은 각자의 장소에 도착하기 위한 여정을 시작할 것이다. 저마다의 탈것을 타고 지나온 시간 속을 유영하거나, 아직 오지 않은 미래의 장소에 상상으로 가닿을 수도 있다.

그 과정에서 심심하거나 두렵지 않게 옆에서 수다를 떨어주는 것 또한 나의 역할이다. 이를테면 장소 찾기와는 하등 관련 없어 보이는 이런 잡다한 정보를 전달하는 일. 연극 무대에는 여러 종류가 있는데 가장 보편적인 무대로는 '프로니시엄 무대'가 있어. 관객의 시선이 일제히 앞을 향하는 무대. 관객 입장에서는 액자 속 그림을 보는 것 같은 효과를 누릴 수 있지. 거리감도 확보하고 집중력도 강화되는 형태겠지? 반대로 '원형 무대'는 관객이 무대를 360도로 조망할 수 있는 무대인데 배우 입장에선 굉장히 부담스러울 거야. 무대에 서는 순간 관객에게 자신의 앞뒤 양옆을 다 보인다는 뜻이니 숨을 곳이 없겠지. 그렇지만 관객에게 새로운 시야를 열어주는 데에는 무척 효과적이지 않을까. 관객이 어느 각도, 어느 위치에서 바라보느냐에 따라 같은 인물, 같은 사건도 다 다르게 보일 테니까. 너의 장소가 어떤 모양, 어떤 분위기, 어떤 크기일지는 모르지만 그곳을 어떻게 보여줄 것인가를 고민하는 데 있어서 도움이 되는 정보이기를 바라.

또는 이런 종류의 잡다함도 원 플러스 원의 마음으로 슬쩍 건네본다. 내가 어제 텔레비전을 봤는데 말이야, '페어리 서클(fairy circles, 요정의 원)'이라는 게 나오더라. 오스트레일리아의 필바라 지역과 아프리카의 나미브 사막, 지구상에 단 두 곳에서만 발견되는 현상이래. 왜 페어리 서클이라 이름 붙었나 하면, 원 바깥은 풀들이 무성해도 그 원 안에서만큼은 그 어떤 풀도 자라지 않기 때문이래. 그곳에 서식하는 흰개미가 식물의 뿌리를 갉아먹어서 그렇다는 설도 있고 기후 문제로 그렇다는 설도 있는데, 다 가설에 불과할 뿐 여전히 원인불명 미스터리로 남아 있대. 신기한 건 이 원의 크기가 저절로 커졌다 작아지고 알아서 사라지기도 한다는 점이야.

나는 왜 이 페어리 서클이 시 같을까. 시를 쓰는 순간에만 나타났다 사라지는 세계 같을까. 분명 아까와 같은 자리에 있는데, 내가 어떤 문 하나를 여는 순간 갑자기 나를 에워싼 동심원이 생겨나고, 그 원 안에 들어와 있다는 이유로 시간이 멈추고, 모든 슬픔이 멎고, 캄캄했던 발치가 환해지고, 영혼이 충만해진 것 같은 기분이 드는 걸까. 너에게도 그런 원이 있을 거야. 그 원 안에서만 할 수 있는 이야기를 받아 적어봐. 두 발은 땅속에 단단히 박아 넣고서. 그곳이 너의 장소일 테니.

물론, 머리로는 그러겠노라 다짐해도 막상 백지 앞에 서면 아무것도 쓰지 못할 가능성이 다분하다. 페어리 서클은커녕 분필을 들고 땅 위에 원 하나를 그리는 일에도 충분히 서툴 것이다. 일그러진 원을 바라보면서 한숨만 푹푹 쉬겠지. 그래도 나는 '선생님처럼' 이런 말들을 계속할 것이다. 너의 장소는 분명히 있어. 그건 분필로 그린 원이 아니라 너의 페어리 서클이야. 하우스나 홈이나 다 매한가지 아니냐고 생각하는 자에게 문은 영원히 열리지 않을 거야. 옷 사이로 삐져나온 실밥이나 보풀을 떠올려봐. 무심히 잡아당겼는데 줄줄줄 풀리는 옷을 떠올려봐. 두리번거리는 힘으로 나아가. 순간을 영원으로 붙드는 마법은 그렇게 시작될 거야.

도량형

어느 날 지인이 고견을 구해 왔다. 초등학생 아들이
요즘 극도로 반항적인데 하루는 내가 지금, 왜 여기,
한국에, 이 집에, 엄마 아들로 태어난 것인지 설명을
해달라고 했단다(저 성난 황소 같은 쉼표들을 보라). 그 말
을 듣는데 말문이 턱 막히더라고, 그래도 너는 문학
하는 사람이니 뭔가 뾰족한 답안을 일러줄 것 같았
다고 말이다. 상대의 핵심은 '뾰족한 답안'에 있었겠
지만 그때 나의 머릿속에서는 '문학하는 사람이니'
에 밑줄이 그어지고 있었다. 답안은 답안이되 문학
하는 사람만이 줄 수 있는 답안, 바로 그 '묘안'이 필

요할 터였다.

문학의 이름으로 제시할 수 있는 묘안. 그런 게 있다면 누구보다 내가 가장 먼저 알고 싶다. 물리학자나 천문학자였다면, 의사이거나 구두수선공이었다면 오직 그만이 줄 수 있는 답변을 내어주었을까. 결국 나는 '문학하는 사람이니'의 기대에 부응하지 못했고, 제 존재의 좌표에 의문을 품은 아이에게 몇 권의 그림책을 엄선해 보내주는 것으로 에둘러 답하는 길을 택했다. 그 물음에 답할 수 있는 사람은 아무도 없을 거야. 하지만 분명히 이유가 있겠지? 이 책들이 답을 찾아가는 데 조금이나마 도움이 되기를 바라. 사실은 변명에 가까운 말들을 쪽지에 적어서.

그 후로도 오랫동안 나는 이 문제에 골몰해 있었다. 문학은 조금도 별것이 아니고 그 어떤 특권이어서도 안 되지만 그래도 문학하는 사람에게만 허락된 임무, 자격, 뜻밖의 행운이나 고난이 없다고는 할 수 없었다. "넌 문학해서 손해 본 점이 뭔 것 같아?" 하루는 시인 친구와 밥을 먹다 대뜸 물었다. 친구는 어디 밥상머리에서 일 얘기냐며 핀잔을 놓았지만 이내 수저를 탁 내려놓으며 말했다. 네가 말하는 손해의 의미가 정확히 뭐야. 귀찮음이야 싫음이야 난처함이야. 문학하는 사람은 역시 이래서 안 되나 보다. 단어 하나도 그냥 넘어가는 법이 없다. 매 순간이 허들이다.

그날의 대화는 곧 시작될 드라마 이야기로, 이달의 당근 거래 수익으로 빠르게 전환되었다. 문학을 한다고 해서 별세계에 산다거나 남보다 자유분방하고 뛰어난 지혜를 갖춘 건 아니니까. 다만 딱 하나, 언어에 있어서만큼은 극도의 예민함을 갖추어서 가능하면 정확하게 쓰려는 강박이 뼛속 깊이 체화되어 있는데, 따지자면 그런 면모는 장점에 더 가깝지 않나 싶은 것이다. 반대로 문학해서 '귀찮고 싫고 난처하고 슬프고 이따금 화가 나는' 점은 이 세상을 끊임없이 이해하려고 노력한다는 점이다. 뭐든 악마로 만들어버리면 차라리 쉬울 텐데 그게 잘 안 된다는 것. 필요 이상으로 감정이입하고, 그러지 않아도 될 것들에까지 마음을 콸콸 쏟고. 마음 안에서 벌어지는 일들에 기력이 쇠해 자주 탈진 상태에 놓인다는 것(점 하나를 찍느라 열 시간이 걸렸는데 그 점을 지우느라 하루, 한 달이 걸리기도 한다!).

말은 그렇게 해도 내심 이런 마음을 더 크게 품고 있다. 세상의 기준과는 다른 나만의 '도량형'을 가질 수 있다는 건 정말이지 근사한 일이라는 생각. 헥타르, 그램, 마일, 톤, 미터… 세상엔 수많은 단위들이 있다. 하지만 그런 도량형들로 우리 마음의 길이, 부피, 무게를 재기에는 역부족이다. 글을 쓰는 행위는 수치화가 아니라 형태화에 관여한다. 이 세계를 자신만의 방식으로 측량하고 자신만의 시각과 목소리로 변환해내는 작업. 한 시인의 개성이란 그가 어떤 도량형을 가졌는지에 달려 있대도 과언이 아니다. 감정이든 풍경이든 시간이든 일단 뭔가를 쓰기로 마음먹었다면 그것을 계측하는 과정이 선행되어야 한다. 강보에 싸야 하는 아이를 포일이나 사포로 휘감아 내민다고 생각해보라. 솜 가마니를 진 당나귀를 물속에 빠뜨린다고 생각해보라. 도량은 넓은 마음과 깊은 생각을 요하는 작업이다. 다른 이의 시를 읽을 때에도 늘 질문하곤 한다. 이 시의 품은 얼마나 되지? 그렇다면 이 시인의 품은?

'문학하는 사람이니'로 시작한 이야기가 어쩌다 여기까지 흘러왔는지 모르겠다. 문학이라고 별 수 없다는 이야기로 시작했는데 쓰다 보니 문학의 몫을 되짚는 이야기가 되어간다. 이왕 선로를 이탈한 김에 근래에 본 '가장 도량하고 싶었던 풍경'을 옮겨보련다. 지하철을 타고 가는데 엄마와 함께 쌍둥이로 추정되는 여자아이 둘이 탔다. 나이는 네다섯 살쯤 되었을까. 맞은편 좌석이 마침 비어 있던 터라 아이들을 유심히 관찰할 기회가 생겼다. 한 아이는 머리를 양 갈래로 묶고 색색의 핀을 꽂은 채 편안한 티와 바지를 입고 있었고 다른 한 아이는 쇼트커트를 한 채 세상 화려한 샤스커트(빳빳한 망사 천이 덧대진 풍성한 치마)를 입고 있었다. 쌍둥이인데 어쩜 저렇게 다를까, 낮과 밤 같네, 그런 생각을 하며 다시 유심히 보니 쇼트커트를 한 아이의 머리 안쪽에 긴 흉터가 언뜻언뜻 비쳤다. 어쩌면 수술을 했을지도 모르겠구나. 그렇다면 머리를 밀어야 했을 테고 다른 자매처럼 머리를 묶거나 예쁜 핀을 꽂을 수 없으니 저토록 화려한 샤스커트가 필요했겠구나 싶었다. 그렇다면 이 아이에게 샤스커트는 단순한 치마 이상이겠지. 그때의 '샤'는 아이에겐 마법의 주문이자 자신감이고 무엇보다 자존감일 터. 그 '샤'를 도량한다면? 이 단어의 길이, 부피, 무게는 어떻게 될까?

그때 내 머릿속에 순간적으로 떠오른 건 여름날의 분수대였다. 작열하는 태양 아래 시원한 물줄기가 뿜어져 나오고 어느새 나는 그 사이를 종횡무진 뛰어다니는 아이가 되어 있었다. 고운 물의 입자가 온몸에 뿌려지는 기분. 머리끝부터 발끝까지 청량한 느낌. 분명 나는 샤라는 입력값을 집어넣었는데 어떻게 분수대가 산출된 것일까. 너무 멀리 왔나. 허황된 이야기인가. 그래도 분명한 건, 이 글을 쓰(고 읽)는 동안 우리가 하나의 분수대를 공유하게 되었다는 사실이다. 그 분수대는 어디에도 없지만 분명히 있다. 문학의 이름으로만 있다.

보세요, 이 물줄기를. 이 무지개를. 나는 문학의 이름으로 수천수만의 분수대를 만드는 일을 한다. 언제나 나는 그곳으로 당신을 초대하고 싶다.

곳

예기치 못한 소포가 왔다. 긴 시간 함께 일했던 동료
Y로부터 전해진 안부였다. 볼록한 봉투 안에는 작은
선물과 카드가 담겨 있었다. 한동안 얼굴을 보지 못
했는데도 이렇게 나를 떠올려주다니. 선물도 선물이
지만 손 글씨로 또박또박 적힌 카드를 보자 눈물이
차올랐다. 마음이 건너오는 순간엔 영락없이 녹는구
나, 나는. 이름을 안흥건이라고 개명해야 하나. 그렇
게 감동의 도가니에 빠져들던 중, 1초 만에 반전이
일어났다. 카드 겉면을 보자마자 깔깔깔 웃음이 터
진 것이다. 겉면에는 'Zank You!'라는 문구가 적혀 있었는데(순간 Zank라는 단어가 있었던가 머리가 팽이처럼 돌았다) 그 아래 아주 작은 글씨로 'Zank=100 Thanks'라 쓰인 것을 발견한 것이다. Y답다, Y다워. 골라도 하필 이런 카드를! 카드엔 두 개의 도표(일종의 그래프)도 그려져 있었는데 너의 존재함이 없으면 내 삶은 무수한 시행착오를 겪겠지만 너의 존재함이 있으면 결국 목표한 그곳에 도달할 수 있음을 철학적으로(?) 그린 그림이었다. 당신의 있음이 이토록 크다는 말이 참 달게 들렸다.

　　Zank라는 단어는 사전에 검색해도 나오지 않을 것이다. 이런 단어들을 맞닥뜨릴 때마다 가슴이 쿵쾅거린다. 세상에 없는 단어들, 살아가는 과정에서 발명되고 발견되며 나만의 사전에 새로이 등재되는 단어들이 더욱더 많아지기를. 시 쓰기를 업으로 하는 만큼 사전을 늘 가까이 두고 시도 때도 없이 들춰보는 형편이지만 같은 이유로 나의 언어가 사전으로부터 벗어나기를 늘 꿈꾼다. "세상에 존재하는 모든 단어의 문을 열어보는 쪽으로 나의 시가 움직였으면 좋겠다"(〈빚진 마음의 문장〉, 《밤이라고 부르는 것들 속에는》, 현대문학, 2019)라는 고백은 여전히 유효하다. 한 단어의 문을 열면 단어가 품고 있는 거대한 우주가 시작되고, 나는 우주선을 탄 듯 그 안으로 빨려 들어간다. 배면, 후면, 이면, 내면, 그 모든 것을 품고 있는 세계를 유영하다 보면 삶은 한껏 자유로워지고, 나의 몸도 아름다움 쪽으로 들어 올려지는 기분이다.

시인이 가진 물욕이 있다면 단어에 대한 '점거욕'이 아닐까. 한 시인을 떠올리면 곧장 연상되는 시나 단어, 이미지가 있다는 건 시인으로서 얼마나 복된 일인지. 내게 한강 시인은(소설가 말고 시인!)은 '파란 돌'의 시인이고 김혜순 시인은 '첫'이라는 단어를 독점한 시인이다. 허수경 시인은 '레몬'의 다른 이름이고 리베카 솔닛은 '살구'의 왕이다. 과일 이야기가 나와서 말인데 지난 학기에는 학생들과 '과일 시편'을 써보자며 각자의 아이디어를 공유하기도 했었다. 너의 과일은 무엇이니. 너는 어떤 향과 맛으로 물크러지는 사람이니. 온갖 과일의 이름이 나열되는 동안,

비파나 유자가 내 것이었으면 좋겠다고 은밀히 생각했었지. 사실 레몬을 무척이나 좋아하지만 그건 이미 허수경 시인의 것이니까.

틈만 나면 고민한다. 그렇다면 나는? 나에게는 어떤 단어가 있지? 언젠가 동료 시인과 진행한 라이브 방송에서 이 화두로 이야기 나눌 기회가 있었는데, 생각 없이 '여름'이라고 말했다가 혼쭐이 났다. 무려 일 년의 사분의 일을 혼자 다 해 먹겠다는 거냐고. 욕심도 많다고. 그럴 의도는 아니었지만 아무려나 지난 시집 제목을 《여름 언덕에서 배운 것》으로 삼은 이상 여름의 비좁은 틈새에 발가락 하나라도 걸치고 있었으면 좋겠다. 어림없는 소리라면, 이제부터라도 나의 단어를 열심히 찾아 나서야겠지.

그러니까 이 책은, 나만의 단어를 찾기 위해 이런저런 가능성을 타진해본 연습장이자 놀이터였다. 뒤척이며 애를 쓴 원고임에도 쓸 때마다 자신이 없었음을 이제는 고백해야겠다. 내가 쓰는 글엔 문학이 없다고, 가볍고 하찮기만 하다고 징징댄 밤도 여럿이다. 빨리 끝이라고 적은 뒤 나를 짓누르는 모든 불안과 걱정으로부터 해방됐으면 싶었다. 그러나 글쓰기에 있어 요행은 없다. 투명한 피부를 가진 사람은 실핏줄까지 들여다보인다. 내가 쓰고 싶은 글은 그런 글이었다. 속이 훤히 들여다보이는 글. 속이지 않는 글. 그러므로 말간 글.

이 책의 목적이 '끝'에 있었다면, 책의 끝남과 동시에 단어들도 캄캄한 땅속에 묻힐 것이다. 그러나 나의 노트에는 여전히 수십 개의 단어가 적혀 있다. 심지어 매일 한두 개씩 불어난다. 단어들은 아우성친다. 나도 써줘. 내 이야기도 해줘. 왜 나는 선택해주지 않는 거야! 쓰는 자에겐 오직 '끗'의 상태만 있다. 끗은 안온함이나 홀가분함과는 거리가 멀다. 끗은 '첫'만큼이나 위태로운 단어다. 한 끗 차이로 인생이 완전히 달라졌다는 이야기는 과장이 아니다. 끗은 우리를 긴장하게 만든다. 끗은 타협하지 않는다. 끗은 무시무시하고 책임이 따르는 단어다. 끗은 매듭이 아니다. 끗은 파도처럼 밀려와 순식간에 우리를 덮치고 모든 것을 원점으로 되돌린다.

　끝을 갈망하는 이에게 끗이라는 단어를 안겨주는 건 외발자전거를 탄 곡예사에게 저글링을 시키고 불붙은 훌라후프를 통과해보라는 명령일지도 모르겠다. 분명히 두려울 것이다. 고독하고 힘겨울 것이다. 그렇다고 할지라도.

　'끝!'이라 쓰면 '참 잘했어요' 도장을 찍어주는 선생님은 이제 없다. 살아 있는 한 끝은 영원히 유예된다. 끝은 죽은 자의 것. 그러니 나는 끝이 아닌 끗의 자리에서, 끗과 함께, 한 끗 차이로도 완전히 뒤집히는 세계의 비밀을 예민하게 목격하는 자로 살아가고 싶다. 여기 이곳, 단어들이 사방에 놓여 있는 나의 작은 놀이터에서.

단어의 집

ⓒ 안희연, 2021

초판 1쇄 발행 2021년 11월 24일
초판 9쇄 발행 2024년 6월 20일

지은이 안희연
펴낸이 이상훈
편집1팀 김진주 이연재
마케팅 김한성 조재성 박신영 김효진 김애린 오민정

펴낸곳 (주)한겨레엔 www.hanibook.co.kr
등록 2006년 1월 4일 제313-2006-00003호
주소 서울시 마포구 창전로 70 (신수동) 화수목빌딩 5층
전화 02) 6383-1602~3 **팩스** 02) 6383-1610
대표메일 book@hanien.co.kr

ISBN 979-11-6040-681-8 03810

* 책값은 뒤표지에 있습니다.
* 파본은 구입하신 서점에서 바꾸어 드립니다.